ハーレクイン文庫

悪魔に捧げられた花嫁

ヘレン・ビアンチン

槙　由子 訳

HARLEQUIN
BUNKO

SAVAGE PAGAN

by Helen Bianchin

Published by Harlequin Japan, a Division of K.K. HarperCollins Japan, 2024

悪魔に捧げられた花嫁

◆主要登場人物

リーサ・グレイ……ファッションモデル。
ジェームズ……リーサの兄。
イングリッド……ジェームズの妻。
トニー……リーサの恋人。
ロベルト……リーサの仕事仲間。
サッシャ・ファーブル……リーサの仕事仲間。
リック・アンドレアス……実業家。
シャンタル・ルーソス……リックの女友だち。
ヤニス……リックの家の使用人。
サラ……リックの家の家政婦。

1

最後にもう一度、鏡を見てから、リーサは更衣室を出てカーテンで仕切られた舞台を目指した。

この三年間、彼女はモデルとして無数のファッションショーに出てきたが、これから始まる午後のショーが特別なものになるとは夢にも思わなかった。予兆はいっさいなく、大音量で鳴り響くジャズの不協和音が、少々疲れた耳に障るだけだった。

音楽が止まり、主催者の挨拶《あいさつ》が始まった。続いてマイクが司会者の手に移り、これから紹介されるドレスについて、プロの視点から見た評価がもっともらしく語られ始めた。

合図を得て、リーサはステージへと踏み出した。憂いを帯びた、どことなく超然とした表情。大きく澄んだ茶色の目。優雅さと威厳が同居した、踊るような独特の動き。彼女は視線を高く保ったまま、振り仰ぐ観客の顔をかすめるように前へ進んだ。会場はほぼ満席だった。リーサは慣れた足どりでキャットウォークへと進み、先端まで行ってポーズをとった。そこで一回転して笑みを浮かべ、再びステージへと戻る。最後にもう一度ターンを決め、カーテンの奥へと引っこんだ。

「後ろのほうに、すごくゴージャスな男性がいたでしょう」

呼び止められて、リーサはかすかに眉を寄せ、声の主に向かってかぶりを振った。

「左奥の、隅のほうよ」スージーは表情豊かに目をくるりとまわしてみせた。「黒髪で背が高く、ビジネススーツを完璧《かんぺき》に着こなしている人。いけない、出番だわ！」彼女はカーテンを抜け、つい先ほどまでリーサのいた場所へ出ていった。

狭い更衣室は一定の秩序を保ちながらも雑然とし、チャリティ・イベントのために雇われた五人のモデルは、ろくに身動きもとれない。とはいえ、限られた時間ですばやく服を着替える術《すべ》を、リーサはこの三年間で身につけていた。いまも慣れた動作で次の衣装に着替え、鏡の前で髪をとかしながらメイクを確認している。

五分後、彼女は再びキャットウォークを歩いていた。先端まで行ってターンしたのち、軽い好奇心から、ゆっくりと左の隅に目を向ける。男性のまなざしやあしらい方には慣れているはずのリーサにとっても、彼女のスリムな体を探るように見つめる黒い目は衝撃的だった。荒削りな険しい顔は、ハンサムというより、攻撃的な魅力を漂わせている。それに、なんとなく世を疎んじ、斜に構えているような感じがする。そう結論づけて、リーサはステージに戻った。その間も、彼女の一挙一動を容赦なく吟味する視線を意識せずにはいられない。彼女はしだいに腹が立ってきた。

「彼のこと、見た?」更衣室に戻ったリーサに、スージーがささやいた。「あれほどの男性には、めったにお目にかかれないわ。そうでしょう?」

「私にはそうは思えないけれど」本当に? リーサは自問した。先ほどいだいた男性の印象がよみがえり、彼女はいらいらと衣装を脱いだ。

次に舞台から見たとき、男性はすでにいなかった。リーサは無意識のうちに緊張を解き、プロの余裕を存分に発揮して残りの役目を終えた。

駐車場を出て市街地を目指すころには、時刻は五時近くになっていた。彼女のアパートメントは、シドニー港を挟んで、現在いる場所とは反対側のレーン・コーブにある。運がよければ六時には家に着くだろう。そうすれば、シャワーを浴びて着替えてから、兄夫婦との食事に出かけられる。長い一日で疲れていたので、断ろうかとも思ったが、けさ電話してきたときの兄の口調には、なぜか有無を言わさぬ響きがあった。大好きな兄、ジェームズの頼みとあればしかたがない。

案の定、道路は込んでいたが、ひとたびハーバー・ブリッジを越えると、スムーズに流れ始めた。

アパートメントは、リーサがけさ早くに出たときのままだった。先ほどからずっとコーヒーを我慢していたので、彼女はとりあえずキッチンへ向かい、やかんを火にかけてから、居間に入ってストーブのスイッチを入れた。

近くの椅子にコートをほうり投げ、靴を脱いで、倒れるようにソファに腰を下ろす。そのうちトニーから電話が入り、今日一日のことをあれこれきいてくるに違いない。リーサの口もとにかすかな笑みが浮かんだ。素朴で心優しいトニー。彼女にとっては恋人というより友だちに近い感覚だが、トニーがそう思っていないことはリーサも気づいていた。最近は彼が二人の関係を先に進めようとしているのを感じる。彼女にしても、自分が何をためらっているのか判然としなかった。

やかんが鳴り、リーサが火を止めてカップに湯をつぎ始めたとき、電話が鳴りだした。

「そろそろだと思ったわ」リーサが親しみをこめて指摘するなり、受話器の向こうでくすくす笑う声が聞こえた。

「今日はどうだった？」

「大忙しよ。午前中はスタジオでの撮影でへとへとに疲れ、午後からはファッションショー。いま帰ったところなの」そう言って、リーサは熱いコーヒーをひと口飲んだ。体に活力が戻るのを感じる。

「いまから会って、一、二杯、飲まないか？」

「ごめんなさい、今夜はだめなの。兄夫婦と食事に行くことになっていて」

「明日の夜は？　一緒に食事でも」

「いいわよ。七時に迎えに来てちょうだい。これから急いで支度をしなくちゃ。じゃあね」リーサは受話器を置き、コーヒーを飲み干して寝室へ向かった。

できればゆっくり浴槽につかりたいところだが、シャワーで我慢するしかないだろう。着ていく服は……。リーサはワードローブの中身をざっと思い浮かべ、最適と思う一着を決めた。そしてシャワーの下に立つころには、アクセサリーも決まっていた。

エレベーターで地下の駐車場へ向かいながら、リーサは無意識のうちに考えていた。今夜の誘いには、なんとなく腑《ふ》に落ちないところがある。なにしろ兄夫婦とは、ゆうべも一緒に過ごしたのだ。五年前に両親を飛行機事故で亡くして以来、十一も年の離れた兄は、リーサの保護者代わりを引き受けてきた。彼女が二十二歳になったいまも、兄は彼女を〝小さな妹〟と見なし、自分の子供とほとんど同じように扱っている。

リーサが十七歳でモデルになろうと決めたとき、兄は山ほどの理由を連ねて反対したが、彼女の知名度が上がるにつれ、しぶしぶ認めてくれるようになった。さまざまなファッション雑誌に自分の写真が載っているのを目にすると、自分にはデザイナーの服を最高に見せるための何かが備わっている気がして、最高にうれしくなる。だからといって、うぬぼれるつもりはない。むしろ、有名になったせいで、それまでの友情にひびが生じないように気を配っている。二、三の例外はあるものの、彼女とデートしたがる男性は、彼女を連れて歩けば見栄えがするだろうと考えているにすぎない。そして、女性からは往々にしてねたまれる。最初の二、三年がどんなに大変だったかを話しても、スタジオで熱いライトを浴びながら何時間もポーズをとるつらさを説明しても、無意味だ。ファッションモデルといえば華やかなイメージだけが先行し、それに伴う苦労を知る者はほとんどいない。絶えず人目にさらされていることに嫌気が差すときもあるし、批判が胸にこたえる場合もあるのだが。

確かに一見したところ、私には若い女性がこの世に求めるすべてがそろっている。シドニー郊外のおしゃれなノース・ショアにある贅沢《ぜいたく》なアパートメント、ツードアのスポーツカー、数えきれないほどのデザイナーズ・ブランドの服。ほんの少しトニーをその気にさせれば、結婚だって手に入るだろう。けれども彼がその話を切りだすたびに、リーサにはためらいが生じ、決断を下す気にはなれなかった。

トニーのことは好きだし、一緒にいて気持ちのいい相手だと思う。それでも、内なる声がささやきかける。居心地のよさだけで決めていいのかしら、と。彼のキスに、気分が高揚することはないし、一線を越えたいという気持ちにもならない。バージンを捨てるためだけに彼とベッドをともにするのは、何か間違っている気がしてならなかった。

リーサはメタリック・シルバーのマツダRX7の鍵《かぎ》を開け、運転席に乗りこんだ。エンジンがかかり、胸に充実感が広がる。彼女は駐車場から慎重に車を出し、エンジン音を響かせながら通りに出た。

クロンターフまでは約二十分の道のりだ。立派な煉瓦《れんが》造りの家に着くと、玄関に出てきた兄嫁のイングリッドが人さし指を口に当てた。

「サイモンとメリッサが寝るところなの。あなたの声を聞きつけたら、あっという間に二階から下りてきちゃうわ」イングリッドはリーサを中へ促し、ドアを閉めた。「ジェームズが、今夜はとくに時間を厳守したいらしくて。わかるでしょう?」

リーサは鼻にしわを寄せ、いたずらっぽく笑った。「兄さんは法律関係の仕事に就けばよかったのよ。そうしたら、完璧だったのに」

「なるほど、僕は職業の選択を誤ったのかな?」わざとらしい抑揚をつけた声が背後で響いた。

「あら、兄さん」リーサは振り返り、からかいをこめて呼びかけた。「そういうもったいぶった話し方は、役員会には向いていても、我々一般人には少々威圧的に聞こえるのよ。ご機嫌いかが?」

「おかげさまで。今夜は来てくれてありがとう」

「コートを取ってくるわ」イングリッドが言葉を挟み、居間を出ていった。

「断る勇気がなかったのよ」リーサはいたずらっぽく笑った。「けさの電話、なんだか有無を言わさない感じだったもの」

「ごめんよ、急に呼びたてて」

「まったくだわ」彼女は非難の口調を装った。「兄さんの食事につき合うより、よっぽど大事な用があったんですからね」

「本当に申し訳ない。だが――」

「ちょっと、ジェームズ」リーサは笑った。「本気にしないで」

だが、見つめ返す兄の目は笑っていなかった。

「どうしても君に同席してほしかったんだ」

「まあ」リーサは眉をつり上げ、大げさに驚いてみせた。「いったい、ほかに誰が来るの？　お偉い議員でも接待するつもり？」

ジェームズの答えにはためらいがあった。「かなりの地位と権力の持ち主であることは間違いない」

「なんだか恐れているみたいな言い方ね」

「リック・アンドレアスを無視できる人間などいないさ」ジェームズは真顔で応じた。

「私をそばに座らせて、その人の注意を紛らせようという作戦？」リーサが軽い口調で尋ねると、兄はかすかに眉を寄せた。

「まさか。君の社交上の価値は、そんなものではない」

「要するに、私は頭数合わせね」

ジェームズは言葉を組み立てるのに苦労していたが、やがて重い口を開いた。「実は、その……」兄は言いよどみ、それから慎重に言葉を継いだ。「彼に愛想よく接してほしいんだ」

リーサはますます好奇心を刺激された。「愛想よくというのは、どの程度？」

「洗練された軽いおしゃべりで楽しませる程度。君なら、お手のものだろう？」

「私のウィットと知性でその人をとりこにしろというわけね」リーサは笑ったあとで眉を寄せた。「誘惑する女を演じろというのでない限り、かまわないけれど」

「リーサ、いいかげんにしないか」ジェームズがたしなめた。「いちいち、まぜっ返す必要はどこにもない」

イングリッドがコートを手に戻ってきた。ジェームズはそれを受け取り、妻が着るのを手伝った。

「子供たちは寝たわ」イングリッドは夫に告げた。「ベビーシッターに注意事項も伝えたし、出かけましょうか？」

兄の車の後部座席に座ったリーサは、思わず笑みを押し殺した。車は、まったくもって持ち主にそっくりだ。機能の安定を追求したボルボ社のセダンはスタイリッシュでエレガントだが、スポーツカーのような洗練さには欠ける。そして、それこそが二人の違いだった。ジェームズは保守的で堅実。一方のリーサは、人生を楽しむ術に長《た》けている。いたずら心とユーモアのセンスを持ち、修道女学校では、一度ならず、厳格な尼僧とやり合った。

着いた先は、ポッツ・ポイントにある、きわめて高級な老舗《しにせ》のレストランだった。

「すごいわ」ジェームズのあとについて中へ入りながら、リーサはつぶやいた。「これなら絶対、今晩の相手も感心するでしょうね」

「ああ。バーで落ち合うことになっている。まだ少し時間があるが」

支配人が近づいてきて予約を確認し、一同をバーへ案内した。

「食事は四人だけ?」リーサは兄に尋ねた。「それとも、ほかにも何人か来るの?」

「ウイスキーのソーダ割りと、ブランデーにライムとレモネードを加えて。リーサ、君は?」

「イングリッドと同じにするわ。ジェームズ、質問に答えてよ」

「ルイーズとピーターも来る」ジェームズは入口に視線を向けた。「ほら、うわさをすれば……」

リーサはひそかに歓声をあげた。まったく、楽しい夜になりそうだわ。ピーター・ベレスフォードはジェームズの同僚で、兄そっくりの堅物だ。妻のルイーズは極端な引っこみ思案で、会話に参加させるためには絶えず誘い続けなければならない。

リーサはグラスの中身に口をつけた。ブランデーが体に広がり、気分がゆったりしてくる感覚が心地いい。昼に軽食をつまんだきりで、おなかはぺこぺこだ。けさのサッシャのスタジオでの撮影は寒いうえに重労働で、とにかく大変だった。南半球は真冬だというのに、あんな小さなビキニを着るなんて間違っている。

インググリッドとルイーズは、互いの子供たちの話に夢中になっていた。ジェームズとピーターは、さまざまな株式や債券をめぐる議論に余念がない。なんとなく取り残された感じがして、リーサが飲み物をかき混ぜたそのとき、ようやく今夜の主賓が登場した。

「アンドレアスだ」ジェームズが言った。

リーサの第六感が警鐘を鳴らし、その男性が視界の隅に現れる前から、彼の気配を感じて全身の神経がざわめいた。

必要な紹介をすませたのち、ジェームズは最後に締めくくった。「こちらは妹のリーサ。こちらはリック・アンドレアス」

目の前の男性を目にした瞬間、リーサは驚きに目を見開いた。午後のファッションショーで見かけた、あの男性だ。遠くから眺めたときには、なんと精悍《せいかん》な人だろうと思ったが、近くで見ると、非情な雰囲気が伝わってきて、なんとなく不安をかきたてられる。いいえ、不安というより、危険を感じるわ。彼女の視線を磁石のように引きつけるその顔と、慇懃《いんぎん》だが無関心そうな表情を見ながら、リーサは訂正した。

「はじめまして」リーサは礼儀正しく挨拶し、かすかに笑みを浮かべた。

彼は、黒い目に皮肉めいた色を浮かべ、彼女の全身をじっくり眺めたのち、あっけにとられている彼女の目に視線を戻した。「こんばんは」

よく響く、低い声だった。ゆったりしたしゃべり方には、かすかななまりが聞き取れる。

彼は近づいてくるなり、イングリッドとリーサの間の空いた席に腰を下ろした。

たちまちリーサは息苦しさを覚えた。アンドレアスは飲み物を注文し、運ばれてきたグラスを口もとに運んでいる。その様子を盗み見する間も、彼女の心臓はずっと不規則なリズムを刻んでいた。疑念が頭をもたげ、彼女はちらりと兄を見やった。すると兄は、見当外れの愛想のよさでにっこり笑った。ジェームズは仲を取り持とうとしているの？ まさか！

「あなたにお越しいただけるなんて、きっと光栄なんでしょうね、ミスター・アンドレアス」

リーサが丁重に告げると、彼はおもしろがるような表情を見せた。

「とんでもない。せっかくのチャンスをふいにはできないと思って、来たんだ」

「本当に？」リーサはわざと驚いてみせた。「それはまた、どういうわけかしら？」

リックは黒い目でまっすぐ彼女を見つめた。「美しい女性と食事ができる機会をみすみす逃す男がいるかな？」

リーサはゆっくりと笑みを浮かべた。「お世辞を言われて、喜ぶべきなのかしら」

「君はうれしいと感じているのかい？」

うっかり驚きを顔に表しながら、リーサはきき返した。「あなたはそのつもりで言ったの？」

「まずは僕の質問に答えるべきだと思うが」リックは皮肉たっぷりに応じた。

「まあ、ミスター・アンドレアス」リーサは軽く笑った。「本気で知りたいわけではないでしょうに」

「リックと呼んでくれ」彼は穏やかに主張した。

探るように目をのぞきこまれ、リーサはつい視線をそらした。

男性にここまで気持ちをかき乱されるのは初めてだった。どこか意識の奥でスイッチが入り、さまざまな感覚を生みだして、体じゅうの神経が過敏になっている気がする。

「お互い、これまでの人生でも語ることにしましょうか？　そうすれば、ディナーが終わるまで話は尽きないわ」リーサはいつになく投げやりな口調で言った。「もちろんあなたの人生は、私の人生なんかよりずっと華やかで多彩なんでしょうけれど」

「そうかな」

「当然よ。私の人生なんて、あなたに比べたら、死ぬほど退屈だと思うわ」

「思いこみが強すぎるんじゃないのか？」

リーサは強いまなざしで彼を見つめ返した。「どうしてあなたがここにいるのか、さっぱり理解できないわ。仕事の話をするわけでもなさそうなのに」リーサの口もとに慇懃な笑みが浮かんだ。「もしこれがあなたの差し金なら、言っておきますけれど、ブラインド・デートは嫌いよ」

リックの目に影が差したが、それが何を意味するのか、リーサにはわからなかった。

「だったら、君は何が好きなのかな？　リーサ・グレイとか？」

リーサの背筋を不安の波が駆け抜けた。こちらが優位に立っていたはずなのに、いきなり形勢が逆転してしまった。

運よく支配人が現れ、一同をテーブルに案内した。渡されたメニューに集中しているふりをしながらも、リーサはそばにいる腹立たしい男性のことが気になってしかたがなかった。

「お勧めの料理を言おうか？」

そのゆったりした話し方がリーサの神経を逆なでした。早くお開きにして、と体じゅうの細胞が叫んでいる。「自分で選べますから」

リックは一方の眉を上げた。「選べないとでも言ったかい？」

彼に甘い笑みを向けたのち、リーサは前菜とサラダを頼んだ。「それと、ペリエをお願い」

リーサはこれ以上アルコールを飲む気にはなれなかった。ブランデーを二杯飲んだせいで、すでに体がだるい。リック・アンドレアスと引き続き渡り合うためには、持てる限りの能力を目覚めさせておかなければならない。

「君はモデルなんだろう」

リーサは前菜の皿にフォークを置き、皿が下げられるのを待ってから答えた。「それは非難しているのかしら?」

リックの顔にゆっくりと笑みが広がり、リーサの感情を奇妙にかき乱した。

「そうだとしても、君は少しも気にしないいんじゃないかな」

「なるほど、私と気持ちよく会話を楽しむ義理はないというわけね」

「とんでもない。充分に楽しんでいるよ」

黒い目が皮肉っぽく輝くさまを目にして、こみあげる怒りをリーサはぐっとこらえた。

「あら、本当かしら?」意図的に彼と目を合わせる。「モデルというのは、世間の人が考えているように、流行の服を着るだけではないのよ。写真のモデルを務めるには、季節を先取りしなくてはならないわ。つまり、冬に水着を、夏には毛皮のコートを着なければならないの」

午前中の撮影を思い出し、リーサは鼻にしわを寄せた。

「ファッションショーでは一瞬ごとのタイミングがきわめて重要だし、手際よく服を着替える術も必要だわ。服の雰囲気に合わせた立ち居ふるまいも求められるし、どんな辺鄙《へんぴ》なところへも出かけていかなくてはならない」けだるそうに聞いている相手に向かって、彼女はかすかに顎を上げた。「そのうえ熾烈《しれつ》な競争にさらされて、見た目の華やかさからはほど遠い生活を送っているのよ」

「ずいぶん大変な仕事のようだね」

おもしろがっているのね。いまいましい！「ええ、そのとおり。仕事の大部分はね」リーサは口もとに力をこめ、それから力を抜いて笑みを取りつくろった。「というわけで、今度はあなたの番よ、ミスター・アンドレアス」

「リックと呼んでくれ」その声は静かだが、危険な響きを帯びていた。「ぜひとも」

「二度と会うこともなさそうなのに？」

「どうしてそう思うんだい？」

またもリーサの背筋を細かな震えが走った。なぜなら、二度と会いたくないからよ。とくに、二人きりでは絶対に。体がこんなふうに反応して過敏になっているのは、きっと得体の知れない化学反応が体内で生じているからに違いない。リック・アンドレアスはすべての点において、リーサの思い描く理想の男性像とは対極の位置にあった。「あなたはジェームズの仕事仲間なの？」

彼はばかにするように、一方の眉を上げた。「質問コーナーというわけか」

「いけない？」リーサは冷ややかに返した。「公平だと思うけれど」

リックの目がきらりと光った。彼はグラスを持ち上げ、中身をぐいとあおった。リーサは、彼の引き締まった手と、いかにも頑丈そうな顎に視線を留めた。

「僕は、金融と資産管理を扱う国際投資企業の代表を務めている」リックはなめらかに告げた。

「きっと、手広くやっているんでしょうね」

リックは笑った。しかし、その笑みにはユーモアのかけらも感じられない。「さあ、どうかな」

「あとはどんな話題があるかしら」リーサは皮肉で応じた。「お天気の話とか？」

「踊るという手もあるよ」リックは横目でリーサを見やり、彼女が首を横に振ると、おもしろがるように指摘した。「怖いのかい？」

リーサは彼をにらみつけた。「別に」

豪語したものの、本当は踊るどころか、こうして間近に座っているだけで落ち着かない。

「信じがたいな」

まったく、なんて人なのだろう。「そうやってけしかけても、無駄よ」リーサは冷ややかに告げた。

「君は恋人に対しても、いつもそんなふうに身構えているのか？」

リーサは眉をつり上げ、ばかにしたような表情を装った。「どうして私に恋人がいると決めつけるのかしら」

リックのセクシーな口もとに、おもしろがるような笑みが浮かんだ。「君ほどの女性に恋人がいないとは信じがたいから、ということにしておこう」

リーサの目から怒りの火花が飛び散った。「私に恋人がいようがいまいが、あなたには関係ないでしょう」

相手が黙っているので、リーサは落ち着かなくなった。しかし幸いにも、ウエイターがメイン料理を運んできた。彼女はイングリッドとルイーズが先週見たという芝居のことを口にし、二人を話に引き入れた。

うまい具合に話は盛り上がり、結局、コーヒーが運ばれてくるまで続いたが、リック・アンドレアスに、とくに気にしている様子は見られなかった。とはいえ、リーサがちらりとうかがったときにも皮肉な態度は相変わらずで、彼がごまかされていないことは明白だった。

一同がレストランを出るころには、すでに十一時近くになっていた。ショーを見に行きたいと言いだす者がいなかったので、リーサは内心ほっとした。明日は朝早くから仕事だ。目の下に隈《くま》をこしらえて仕事場に行っては、ロベルトが大騒ぎするだろう。

「おやすみ、リーサ」

振り返ると、リック・アンドレアスと視線が合った。例によってどことなく人を小ばかにした目をしている。「さよなら、ミスター・アンドレアス」リーサはひそかに〝さよなら〟を強調した。「今夜はお会いできて本当によかったわ」言葉とは裏腹に、彼女はごくあっさり告げた。

リックは一瞬、白い歯をのぞかせてにやりとし、それから、豹《ひょう》を思わせるしなやかな足どりで駐車場へ歩いていった。

ジェームズの車の後部座席におさまったのち、リーサは今夜のことを深く考えるまいと努めた。リック・アンドレアスのことなど、気にする必要はない。

「今夜のゲストはどうだった?」ジェームズはハンドルを切って車の流れに乗り、適当なスピードが出るまでアクセルを踏みこんだ。

何気なさを装った兄の質問に、リーサは大きく息を吸い、気持ちを落ち着かせた。「なんと答えさせたいの?」

軽く受け流したそのとき、バックミラーに映った兄の、ひどく思いつめた表情が目に留まった。リーサはかすかな不安に駆られた。今夜の誘いには、何か裏があるようだ。

「一緒にいて……居心地の悪い人」イングリッドが代わりに答えた。「もちろん、礼儀作法は完璧だったわよ、ダーリン」夫ににらまれ、彼女は慌てて言い添えた。「でもなんとなく……脅されているような気になるのよね。非情なまでに無駄を省くというか」

「イングリッド! 小説の読みすぎだ」ジェームズの怒りが爆発した。

「きっと外国人だからそう感じるのかもしれないわね、ダーリン」イングリッドは夫をなだめた。「アンドレアスというのは、ギリシアの名前でしょう? 少しだけれど、なまりもあったし」

「彼は、金融界では輝かしい業績を上げているんだ。右に並ぶ者がいないほどに」ジェームズは依然として怒りがおさまらないようだ。

「どうして今夜は彼も一緒だったの?」リーサはさりげなく尋ねた。「どう見ても商談という感じではなかったわ」

ジェームズは一瞬たじろいだように見えたが、やがて軽く肩をすくめた。「君に会ってみたいと言われてね」

リーサは動転した。「それはまた……どういうわけで?」

「何をいまさら」兄は真顔で指摘した。「君は魅力的な女性だ」

「つまり今夜の食事は、最初からそれが目的だったの?」リーサの中にどうしようもなく怒りがこみあげた。

「紹介の場を設けただけさ。そんなに非常識なことかい?」

「せめて正直に言ってほしかったわ」

「言えば、君は断っただろう」ジェームズはにべもなく返した。

「そのとおりよ!」

「ちょっと、やめてよ」イングリッドが割って入った。「楽しい夜だったのに。困ることなんて何ひとつなかったでしょう」

「いくつになっても私は兄さんの〝小さな妹〟で、保護してもらえるというわけね」リーサは冷ややかに言った。「でもあいにく、今回はちっともうれしくないわ」

車を自宅の私道に乗り入れる際にも、ジェームズは黙ったままだった。車が止まるやいなや、リーサは無言でドアをすり抜け、自分の車のほうへ向かった。

「家に寄るのは遠慮しておくわ」車のドアを開けながら彼女はきっぱりと言い、兄夫婦を振り返った。「また週末にでも」

運転席に座り、ぞんざいに手を振ってから、リーサは車を発進させた。

2

しつこく鳴り響く電話の音に気づき、リーサは我に返った。搾りたてのオレンジジュースが入ったグラスをテーブルに置いてキッチンを横切り、受話器を取り上げる。聞こえてきたのはジェームズの声だった。

「今日、ランチを一緒にできないかな？」

「午前中はずっと撮影だし、午後はチャリティのファッションショーがあるの」リーサは苦々しく答えた。「明日じゃだめ？」

しばしの沈黙ののち、ジェームズは言った。「四十分、いや、五十分ならどうだい？パピヨンに予約しておくよ。あそこなら、スタジオのすぐそばだし。時間を指定してくれれば、先に行って注文しておく」

リーサはすばやく時間を計算した。「一時でどうかしら。前菜はシーフード。メインはスモールサイズのステーキと、サイドサラダ。ワインはいらないわ」

「了解」ジェームズは歯切れよく答えた。「じゃあ、のちほど」

受話器を置きながら、リーサはかすかに眉を寄せた。ジェームズが二人で会おうと言ってくるなど、めったにないことだ。しかし、考えている時間はない。腕時計を見ると、あと三十分でシャワーを浴び、着替えをすませて出かけなくてはならなかった。

「遅いぞ」

リーサがスタジオに足を踏み入れるなり、サッシャから声がかかった。

「九時まであと二、三分あるわ。時間前よ」リーサは笑みを浮かべて言い返した。「ロベルトは?」

「僕ならここだよ、ダーリン」四十代半ばの男性が近づいてきて、いつもどおりリーサの頰にキスをした。「ミリーが服を用意して更衣室で待っている。着る順番は、彼女に聞いてくれ」ロベルトは父親のような笑みを浮かべた。「いい子だから、行って着替えておいで」

撮影の間、リーサに対してサッシャは何度か怒りを爆発させ、表情が違う、動きが違う、といつものようにフランス語でまくしたてた。彼の仕事は完璧《かんぺき》だし、写真家および振付師として、彼の右に出る者はいない。けれども彼の要求するレベルは法外に高く、モデルが指示どおりに動かないと、容赦なくののしる。〝モデルとは、そもそも最高を意味する言葉だ。精神を集中させれば、相手の意図を読むくらいのことはできる〟というのが彼の信念だった。

一時間以上もサッシャと仕事をすると、身も心もぼろぼろになる。二度と来ないと宣言し、泣きながらスタジオをあとにしたモデルも、ひとりや二人ではない。

とはいえ、彼と仕事をするようになって三年、リーサは一度も感情的になったことはない。そのため彼も、不本意ながら、一目置いてくれている。サッシャが吐く罵詈雑言《ばりぞうごん》を聞けば、誰もそうは思わないだろうが。

「よし、終了」サッシャが立ち上がり、優雅に部屋を横切ってアークライトの明かりを消した。

リーサも不安定な姿勢で座っていた椅子からようやく立ち上がり、腕を高く上げて体の筋を伸ばした。ようやく終わったわ。

「よかったよ」ロベルトが褒めた。「これならクライアントも文句はないはずだ」

「あなたに文句を言える人がいるの？」リーサがささやくと、サッシャはおどけた顔を見せた。

「そう多くはいないだろうな。一緒にランチでもどうだい？　ショーまで一時間ある」

リーサは残念そうにかぶりを振った。「だめなのよ。兄と会うことになっていて……」

彼女は腕時計に目をやった。「あと五分だわ。着替えなくちゃ。ありがとう、サッシャ」

ほどなくレストランのロビーにさっそうと足を踏み入れたリーサは、店員に案内されて席に着きながら愛情たっぷりに兄に挨拶《あいさつ》をした。「思いがけないお誘いでうれしいわ、ジェームズ」

「まあ……二人きりで話す機会というのも、なかなかないからね」兄は口ごもった。なんとなく居心地が悪そうだ。「ペリエを頼んでおいたよ。ワインはいらないと言っていたから」

「ありがとう」リーサは目の前の料理に目を輝かせた。「おいしそう。いただきましょうか?」

前菜を半分ほど食べたところで、ジェームズがゆっくりと切りだした。「二人きりで話したいのがプライベートにかかわることだというのは、すでに察していると思うが」

リーサは顔を上げ、兄の表情からヒントを読み取ろうと努めた。「イングリッドのこと?」彼女は穏やかに尋ねた。

ジェームズはかすかに顔をしかめた。「イングリッド? なんでそう思うんだい?」

リーサは心の中でほっとため息をついた。「はっきり言ってよ。でないと、この秘密のランチがなんなのか、さっぱりわからないわ」彼女は冗談めかして言った。

「実は……」ジェームズは言いかけてやめ、しばらく言葉を探していたが、やがて何度もおさらいしたせりふを述べるかのように話し始めた。「実は、うちの会社は破産寸前なんだ。国際投資企業による買収を受け入れなければ、倒産は免れないだろう」

リーサはショックを隠せなかった。なんとか落ち着きを保って兄の表情を探ると、そこには落胆と絶望がありありと映っていた。

「吸収合併の可能性はある」ジェームズは話を続けた。「親会社となる国際投資企業がうちの後ろ盾となって必要な資金を投入し、合弁事業として業務を続ける。その場合は、僕も役員として残れる」兄は深く息を吸い、ワインをひと口飲んだ。「そうでなければ、設備と資産は即時に売却され、むろん従業員は全員解雇だ。それでも、債権者への返済資金の半分にも満たない」

「私の意見を求めているの？」そんなことはありえないと思いつつも、リーサは尋ねずにはいられなかった。兄の葛藤《かっとう》が手に取るように伝わってくる。

しばらくしてジェームズは口を開いた。「道はひとつ。合併しかないと思う」

「私も同意見よ。二世代以上にわたって一族経営でやってきたとはいえ、名前にこだわって犠牲を出すべきではないわ」

「父さんは、君を誇りに思うだろう」

「当然の決断を支持しただけで？」

ジェームズは首を左右に振った。「それだけではないんだ」

「ほかに何が？　条件でもあるの？」リーサは先を促した。「役員といっても、私は名ばかりだけれど、知っておくべきことがあるなら、兄さんの口から聞きたいわ」

「実は、その……合併は、公私にわたり実現させたいと言われている」

リーサは驚いて兄を見つめた。「それは、どういうこと？」

「結びつきをより強固なものにしたいと」

「兄さんの話し方はまるでなぞなぞだわ。もっと具体的に説明して」そう言いながらも、リーサは胃がすとんと落ちていくような不吉な予感を覚えていた。

「結婚だよ」兄はおもむろに答えた。

たった一語の言葉に、これほどの衝撃を受けたことがあっただろうか。リーサは語気を強めて問いただした。「ビジネスの取り引きをまとめるためだけに、私がどこの誰ともわからない相手と結婚するというの？　冗談でしょう！」

「この数日間、あらゆる手を尽くして相手を説得しようと試みたが、彼の決意を変えることはできなかった」兄は重々しく告げた。

リーサはなんとか言葉を口にした。「それで、私が従わなければ相手は合併から手を引き、取り引きはなし、というわけね」

「残念ながら、そのとおりだ」

リーサはナイフとフォークを置き、食べかけの皿をわきへ押しやった。「そんな条件を押しつけてくるなんて、いったいどういう人なの？」リーサは声に怒りをにじませ、苦渋に満ちたジェームズの顔を見すえた。

「きわめて頭の切れるビジネスマンさ」兄は皮肉たっぷりに賛辞を呈した。

リーサの怒りが爆発した。「そのろくでなしが、どこかの雑誌で私を見かけて、汚い取り引きに絡めようともくろんだわけね」そういう言い方がレディーらしくないことはわかっているが、リーサは意に介さなかった。「私が名も無き一般人だったら、絶対にこういう展開にはならないはずよ」

椅子に座ったまま、ジェームズは居心地悪そうに体を動かした。「僕からどうしろとは言わない」

「そんなとんでもない話、信じがたいわ」

ジェームズはまっすぐにリーサを見すえた。「だが事実なんだ。ほかに切り抜けられる方法がないかと、この数週間、そのことばかり考えていた」

リーサは兄を見つめ返した。「それで、私がこの身をささげる前に、相手に引き合わせる気はあるんでしょうね。その、いやらしい人物に」彼女の口から乾いた笑いがこぼれる。「どうせ、ものすごくいやな男なんでしょう？　年は五十を下らなくて、頭ははげていて、ずんぐりむっくりで」脳裏にまざまざとイメージが思い浮かび、彼女は嫌悪に身を震わせた。「よくも、そんな人と一緒になれだなんて言えるわね」

ジェームズは重々しいため息をついた。「本当にそうだったら、僕だってそんな話に耳を貸したりしないよ。大丈夫、それとは正反対の男性だ」

「たとえギリシア神話に出てくるような容姿端麗の男性でも、私の人生をそんなふうに縛ろうとするなんて許せないわ」

ジェームズは唾《つば》をのみ下し、おずおずと打ち明けた。「実は昨夜、すでに一緒に食事をしている」

リーサは一瞬、目を閉じた。リック・アンドレアス！　そういう取り引き自体がとても正気とは思えないのに、あんな男と結婚するなんて、我が身をライオンに差し出すようなものだわ。

「あまりに非常識でとてつもない要求だわ」リーサはゆっくりと答えた。

ジェームズが長いため息をもらした。「だが、それなりの……メリットもある」

「そのためにトニーを捨てて、あの野蛮人と結婚しろと？　会社を存続させるために？なんて気高い犠牲かしら！」

「結婚は、人生を気持ちよく送るための手段だよ。人は子孫を残すために結婚する」

リーサは見知らぬ人物を見る思いで兄を見つめ、その真意を見極めようとした。「つまり、兄さんがイングリッドと結婚したのは、愛のためではなかったわけね？」

ジェームズは中身の減ったグラスをもてあそび、物思いにふけっているような目を向けた。「彼女はすばらしい女性だよ。子供たちの母親としても、心から尊敬している」

「かわいそうなジェームズ。兄さんの中には、男の胸を熱く焦がす情熱の炎は存在しないのね。あるいは、下半身に火をつけるような情熱も……」

「リーサ！」ジェームズは声を荒らげた。明らかにショックを受けたようだ。

「私はもう、十六歳の子供ではないのよ」

「だからといって、そんな口のきき方をしていい理由にはならない。常識というものがあるだろう」

「兄さんは性の営みが常識だと思っているの？　私はずっと、セックスは愛を体で表現することだと思ってきたわ。でもきっと、そんなのは思いこみにすぎず、単に欲望の問題なのね」

「結婚は安定をもたらしてくれる」ジェームズはなおも主張した。「リック・アンドレアスと結婚すれば、一生お金の心配はしなくてすむ。いまの時代、経済的な問題は簡単に無視できるものではない」

リーサはまっすぐに兄を見つめ返した。「もし断ったら？」

「会社は管財人の管理下に置かれることになる」ジェームズはきっぱりと告げた。「僕は破産し、イングリッドや子供たちがこれまで送ってきた生活は、過去のものになるだろう」

「ずいぶんいやな未来図を描いてくれるわね。正直な話、自分にその悲劇を回避する力があると知りながら、目をつぶっていられる自信はあまりないわ」

「そんなに悪い話かな」ジェームズは良心と闘っているようだった。

「考える時間はどれくらいあるの？」

リーサの問いに、兄は乾いた笑みを返した。

「期限は今日の午後五時だ」

今度こそ限界だった。リーサは目に炎を燃やして立ち上がり、バッグを肩にかけた。

「リック・アンドレアスに、地獄へ落ちろと伝えてちょうだい」そう言い捨てるなり、彼女は別れの挨拶もなしに、レストランをあとにした。

車でショーの会場へ向かう間も、リーサはずっとうわの空だった。事故を起こさずにすんだのが不思議なくらいだ。

会場に入ると、司会者と話していたロベルトが会話を中断し、彼女に笑みを向けた。

リーサはぼんやりと笑みを返し、更衣室へ向かった。ミリーもすでに来ていて、忙しく立ち動き、服とリストを突き合わせている。

リーサはテーブルに近づいてリストを手に取り、指で項目をなぞりながら、自分の着る服を確認した。数分後には、彼女は下着の上にシルクの化粧着を羽織り、鏡に向かっていた。

ほどなくモデル仲間のスージーとリーアンが現れ、少し遅れてグレッグも到着した。続いてロベルトが合流し、最後の指示を伝えた。

司会者がオープニングの言葉を述べ、服についての説明が始まった。リーサはうなり声を発して近くの棚からベルトをひったくり、なんとか腰に締めた。それから顔に笑みを浮かべ、いざステージへ踏み出した。いくつかのポーズを決めたのち、キャットウォークへと進む。この時点で観客のことは頭から消え、服を最高に見せることだけに意識を集中した。

ようやく最後の水着部門になり、ありがたいことに、リーサに託されたのはタイツ型の一着だった。体をぴったり包む明るいゴールドの水着が、サンルームで焼いた肌にみごとに映え、彼女が歩くたびに、長い茶色の髪が液体のように揺れ動く。キャットウォークの端にたどり着き、彼女は優雅に一回転しながら、水着の巻きスカートを外した。そして、それを肩にかけ、再びステージへ。

そのときどうして横を見たのか、リーサは自分でもよくわからなかった。何かに引かれるように目を向けると、客席の後ろに、ひとりの男性がいかにもくつろいだ様子で立っていた。険しい顔に謎《なぞ》めいた表情を浮かべ、彼女のスリムな体をなでるように眺めている。

ここで何をしているの？ リーサは一瞬、顔をしかめたが、すぐさま我に返り、輝く笑みを取り戻した。最後にもう一度、効果的にターンを決めたのち、割れるような拍手の中、彼女は手を振りながらカーテンの奥に戻った。

「ふう！」リーサはため息をもらし、リーアンとスージーに疲れた笑みを向けた。「終わったわね」彼女は化粧着を羽織り、大きなポケットに手を突っこんだ。「おお、寒い。着替えがすんだら、温かいコーヒーにありつけるかしら」

「たぶん用意されていると思うよ」グレッグが近づいてきて彼女の肩をつかみ、張りつめた筋肉をほぐし始めた。「ひどい凝りだな」

リーサは軽く肩をすくめた。「けさはサッシャとの撮影で散々な目に遭ったから。彼は何をやっても気に入らないのよ」

「それでも彼の腕は最高さ。そうでなければ、ロベルトが雇うはずがない」

「着替えてくるわ」リーサはゆっくりと首をまわし、続いて逆の向きにまわした。「あなたはアスピリンなんて、持っていないわよね？　なんだかひどい頭痛がしてきたわ」

「かわいそうに」グレッグは身をかがめ、彼女のこめかみにそっと唇を当てた。「君には世話を焼いてくれる男性が必要なんだ」

からかわれ、リーサは皮肉のこもった笑みを返した。「いるわよ。忘れたの？」

グレッグは白い歯を見せてにっこり笑った。「トニーかい？」

「そう、トニーよ」

「彼はおとなしすぎる。君だって本気じゃないんだろう？」

「でも、親切で思いやりがあるわ」

「なるほど。長続きを求めるなら、いいかもな」

「ひどいわ」リーサは苦いため息をもらした。

グレッグは幸せな結婚生活を送り、二人の子供にも恵まれている。仕事も熱心だが、サッシャとは異なり、求められたイメージを忠実に再現することに喜びを感じるタイプだ。実入りのいいテレビ・コマーシャルの仕事を通じて有名になったいまも、仕事ぶりや性格はまったく変わらない。

「二人で何をしゃべっているの？」リーアンが割って入った。「着替えなくていいの？スポンサーにお茶に誘われて、ロベルトがオーケーしたのよ」

「まったく」リーサはぼやいた。「さっさと帰って、ゆっくりお湯につかりたいのに。夜は食事に出かけることになっているし――」

「でも、ロベルトが――」

「はいはい。王さまのご命令なんでしょう？」リーサは遮った。「五分で行くわ」更衣室へ向かい、ドアの手前で振り返る。「グレッグ、アスピリンを二錠、どこかで調達してきてくれない？　お願い」

「オーケー」

部屋には頼りないストーブが一台あるきりだった。しかもそこから生じるわずかな暖気は、天井近くの壊れた換気口から逃げていく。リーサは化粧着を脱いで手際よく着替え、再びキャットウォークへ繰り出すのかと思うほど、完璧な姿になって更衣室をあとにした。

「やっとお出ましだな」

ロベルトの声に非難の響きを感じ、リーサはとっておきの笑みを返した。

「モデルにはいつも最高の姿でいてほしいんでしょう？　そんなに不機嫌にならないでよ」

ロベルトは眉をつり上げた。「君は充分にきれいだよ、ダーリン。だが仕事中は、もっと気合いを入れなくてはね。さっきのステージでは目が笑っていなかった」

「頭痛がするのよ」彼女は鼻にしわを寄せた。ロベルトは監督としては厳しいが、根は優しい。「グレッグにアスピリンを頼んだから、あと数分もすれば、晴れやかな顔になっているわ。それまでスージーとリーアンに頑張ってもらえないかしら」

「明日は十時に、サッシャのところへ行ってくれ」

リーサの目が鋭く光った。グレッグからコップと錠剤を受け取り、のみ下してから尋ねる。「何かあったの？　次は金曜日のはずでしょう」

ロベルトは満足げに笑った。「売れっ子の宿命さ。十時だから、遅れないように」

「私が遅れたことがある？」

「まったく青いな」ロベルトは力なく首を左右に振った。「貴重な若さを、なんだってそういう無駄なことに費やすのかな」

「ほらほら」リーサは彼の腕を取り、会場に向かって歩きだした。「もう平気。輝く笑顔でもなんでも望みのままよ」

数分後、リーサは通りかかったトレイから飲み物を取り上げ、おそるおそる口にして、顔をしかめたくなるのをぐっと我慢した。シャンパンとは名ばかりで、味はサイダーと変わりない。

「どれくらいつき合ったら、体よく抜け出せるかしら?」彼女はグレッグに尋ねた。

「運がよければ、十五分かな」答えるなり、彼は声をひそめた。「おっと、つかまる!」

「グレッグ、ダーリン! いつもながら最高だったわ」

ハスキーな声の主は、つややかな口紅からエレガントなブルーノマリの靴に至るまで、まさに肉食を感じさせる女性だった。リーサはその場でおとなしく笑みを浮かべていた。

グレッグは手慣れた様子で信奉者の相手になり、彼女の機嫌を損ねることなく、上手に誘いを断った。

「おみごと」リーサはそっと賛辞を送った。

「まったく、とんだ災難だよ」

「彼女、あなたの体をねらっているのよ」リーサはからかった。

グレッグはにやりとしてやり返した。「お次は君のお手並み拝見といこう。君の体をねらっているやつが近づいてきたぞ」

今度はリーサが顔をしかめる番だった。「お願いだから、どこへも行かないで！」

「ミス・グレイ」

かすかななまりを伴う、ゆったりとした低い声に、リーサが振り返ると、リック・アンドレアスの謎めいたまなざしとぶつかった。記憶がよみがえるとともに憎しみが頭をもたげ、さりげない表情を取りつくろうのに、しばしの時間を要した。

「ミスター・アンドレアス」リーサが無愛想に答えると、相手のセクシーな口もとに、ばかにするような笑みが浮かんだ。どういうわけかリーサは急に息苦しくなり、いっそういらだった。「こんなところで何をしているの？」

「とくにプライベートなショーではなかったと思うが」

あっさり返されて怒りに駆られ、リーサはグレッグが好奇のまなざしで見ていることにも気づかなかった。「あなたのような……高貴な方が、ファッションショーに興味がおありだとは思わなかったわ」甘い声で言いながら、彼女はグレッグが笑いをこらえているのを感じた。

リックは皮肉たっぷりに一方の眉をつり上げた。「チャリティの主催者がイベントを見学に来ることは、世間では知られていないのかな」

「そんなことないわ」彼女はひるまなかった。「それが、あなたがここにいる理由なら」

「ほかにどんな理由があると？」

そうね、ほかに理由はないんでしょう。私に目下の状況を思い出させるためでないなら！「そういうことなら、私は失礼させていただくわ」

彼女のまなざしが怒りをあおったのか、いきなりリックに腕をつかまれ、リーサは彼の頬をたたきそうになった。

リックはグレッグをちらりと見やり、形ばかりの笑みを顔に張りつけた。「僕と彼女は時間なので、そろそろ失礼させていただくよ」

「あなたとなんか、どこへも行かないわ」リーサは小声で訴え、懸命に腕を引き抜こうとした。「放して！」

「ちょっと、もめていてね」

リーサは我が耳を疑った。よくもぬけぬけと……。しかも、グレッグは笑っている。

「女性を黙らせるいちばんの方法は、その口をキスでふさいでしまうことですよ」グレッグが言った。

「それはおもしろそうだな」リックは愉快そうに応じた。

「いいかげんにして」リーサは憤然として抗議した。こんな人に絡まれるだけでも不快でたまらないのに、グレッグまでリック・アンドレアスの味方をするなんて。「私は今夜、デートなのよ」

「そのとおり」リックはあっさり同意した。「この僕と」

「お断りよ！」相手のまなざしに、リーサは一瞬すくんだ。「その手をいますぐ離さないと、大声でわめくわよ」

「試してみればいい」

二人の間の空気は一触即発だった。リーサは口を開きかけ、続いて息をのんだ。近づいてくる彼の唇を、彼女はどうすることもできなかった。ショックのあまり口を閉じることもままならず、いきなり唇を奪われた。それも激しく。キスは彼女の全身を焦がしつつ、やがて魂に達した。心臓が早鐘を打ちだし、いまだ経験したことのない勢いで胸をたたいている。

「最低！」ようやく自由になり、リーサは青ざめた顔でささやいた。

リックの口もとに、あざけるような笑みが浮かんだ。「こんなにも美しい唇から、かくも手厳しい言葉が出てくるとは」

「グレッグ？」それが最後のあがきであることは、リーサも自覚していた。

「助けたいのはやまやまだが、理は彼のほうにありそうだし」グレッグは残念そうに告げた。

「違うわ」彼女は激しく否定した。「この人に理なんかあるものですか」

グレッグはかすかに眉を寄せた。「知り合いなんだろう？」

「ゆうべ、一緒に食事をした仲だよ」リックが答えると、グレッグは探るようにリーサを見やった。

「そうなのかい？」

「確かにそうよ。でもあなたが考えているようなのとはぜんぜん違うの」もはや泣き声に近かった。

「ダーリン、僕にどうしてほしいんだい？」グレッグはおどけて眉をつり上げた。

リーサは感情が爆発しそうになるのを必死にこらえた。「この人に私にかまうなと言ってやって！」

目の前の男性をしばし観察したのち、グレッグはゆっくりとかぶりを振った。「僕より彼のほうが体が大きい」口もとに笑みが広がる。「それに、君たちはお似合いだ」

「ちょっと！」リーサは怒りを抑えて訴えた。「私はこの人をやっつけてと頼んだのよ。敵に加勢するよう頼んだ覚えはないわ」

リックの白い歯がきらりと光った。「ほかに誰か、助けを求めたい相手は？」

嫌悪もあらわにリーサは彼を見つめた。「私があなたについていくと本気で思っているの？」

「思ってはいけない理由でも？」

もったいぶった口調であしらわれ、リーサは考える前に口にしていた。「じゃあ、私がついていくと思う理由を、ひとつでもいいから挙げてごらんなさいよ」

無言で見つめられ、リーサが叫びそうになったそのとき、彼がようやく口を開いた。

「理由はすでに知っていると思うが」

永遠とも思えるほどの長い間、リーサは彼の視線をじっと受け止めていた。けれどもやがて視線を落とし、わずかにグレッグを振り返り、力なく告げた。「ロベルトによろしく伝えてちょうだい」

それだけ言うと、彼女は体の向きを変え、まわりの人々には目もくれずに会場をあとにした。

駐車場に出たリーサは、車のキーを求めてバッグを探った。その手を不意につかまれ、彼女は怒りの形相でリックを見上げた。「今度は何？」

「僕と来るんだ」リックは静かに命じた。

「来たでしょう！」

「君は子供のころに、お仕置きが足りなかったようだな」彼はゆったりとした口調で指摘した。

リーサは相手をにらみつけた。「それであなたが、代わりにお仕置きをしようというわけ？」

「ほう、そいつはおもしろそうだ」

かすかに顎を上げたリーサの茶色の目には、新たな怒りが宿っていた。「あなたが急にファッションに興味を持つようになったのは、商品を品定めするためなんでしょう？」彼女はありったけの敵意をこめ、リック・アンドレアスを頭のてっぺんから爪先まで眺めまわした。「私もたったいま品定めさせてもらったけれど、まったく気に入らないわね」

リックに皮肉のこもった笑みを向けられ、リーサの怒りはますますつのった。

「私の前からとっとと消えて！」

相手の手を振りほどき、リーサは震える指で車のドアを開け、運転席に乗りこんだ。

だが、リック・アンドレアスとあろう者が、そんなにあっさり彼女を解放するはずはなかった。

3

リーサが家に着いて一時間とたたないうちに、電話のベルが鳴りだした。出る気になれなくて、じっと電話をにらんでいたが、十二回目のベルが鳴ったのち、彼女は観念して受話器を取り上げた。

「リーサかい？　よかった。やっとつかまった」

声の主はジェームズだった。電話の目的は尋ねるまでもない。

「どこへ行っていたんだ？」

受話器を握る手に力がこもった。「言ったでしょう？　ファッションショーに出ていたのよ」なるべく軽い口調を心がけた。ジェームズが息をのむ音が聞こえた。

「アンドレアスから連絡はあったかい？」

一瞬、リーサはためらった。あのいまいましいギリシア人とのてんまつについて、詳しい話はしたくない。「彼となら、午後に会ったわ」

「本当に？」

ジェームズの驚きは本物のようだ。リック・アンドレアスがファッションショーに来ていたのは、偶然だったのかもしれない。

「それで、結論は出たかい？」兄が尋ねる。

会話はたちまち悪夢と化した。リーサは深呼吸をして気持ちをしずめた。「断ると言ったら、兄さんはどうする？」受話器の向こうから、この世を揺さぶるような沈黙が伝わってくる。

「気が進まないことは理解できるよ」

その言葉を聞いたとき、リーサには、気落ちして椅子の背にぐったりともたれる兄の姿が見えたような気がした。

ああ、私ったら、あんな癇癪《かんしゃく》を起こしたりして。

怒りに任せて駐車場を飛び出してからというもの、それがもたらす結果が、ずっと頭を離れなかった。解決法はひとつしかない。気持ちが変わる前にと思い、リーサは口を開いた。「彼の――」なんとか名前で言い直す。「リックの電話番号を知っているなら、教えて。今夜じゅうに彼と話したいの」

「明日まで待てないのかい？　日中の連絡先しか知らないんだ」

「いいえ、だめ」リック・アンドレアスに、次の行動を起こす時間を与えるわけにはいかない。

「番号が非公開になっていたら、お手上げだ」

「住所を知っている人くらい、いるでしょう?」リーサは祈る思いで食い下がった。さもなければ、明日にも降りかかってくるかもしれない悲惨な事態を防ぐことはできない。

「ボークルーズに住んでいるのは知っているが。二、三、あたってみるよ。折り返し、なるべく早く連絡する」

三十分以上が経過して、リーサの神経がいまにも擦り切れそうになったころ、電話が鳴った。

「電話番号はだめだったが、住所はわかった」ジェームズはいきなり本題に入った。「どうするつもりか、説明する気はないんだろうな?」

兄のいらだちは長いため息からもうかがえる。リーサは震えがちに息を吸いこんだ。

「私を信じて」

言われた住所をリーサは急いでメモした。

「ありがとう、ジェームズ」彼女は急いで寝室へ行き、ワードローブからコートをつかみ取った。

市街へ向かう道路はかなり込んでいた。彼女は邪念を払い、ひたすら運転に集中した。丘の中腹の高級住宅地から眺める港と街は、おとぎ話に出てくる風景そのものだ。遠くの明かりが繊細な透かし彫りさながらにインク色の夜空を縁どり、万華鏡のようにまたたくネオンが巨大都市に彩りと躍動感を添えている。

目指す通りは難なく見つかり、リーサは巨大なゲートのそばに車を止めた。車を降りてゲートに手をかけたものの、あいにく鍵《かぎ》がかかっている。

見ると、コンクリートの柱にインターコムが埋めこまれていた。彼女はボタンを押して名乗り、家の主人に会いたいと申し出た。

スイッチの入る音がして、かすかになまりのある声が丁寧に応《こた》えた。「ミスター・アンドレアスは、今夜はお出かけでございます」

リーサは心の中で悪態をついた。こういう展開はまったく想定していなかった。外で食事をしてくるとなると、かなり待つことになるだろう。「中で待たせていただくわけにはいきませんか?」

しばしの間をおいて返事があった。「ミスター・アンドレアスがお戻りになるまで、ゲートは開けないことになっております」

「お帰りは何時ごろになりそうですか?」

「申し上げられません」

リーサの口からため息がこぼれた。「お手数かけました」

彼女は車に戻り、運転席に座って考えた。孤独な見張りをどれくらい続けることになるのかしら? 時計に目をやると、早くも九時になろうとしている。運がよければ、あと一、二時間で帰ってくるかもしれない。

ラジオはいい気晴らしになったが、時間がたつにつれ、リーサは落ち着きを失っていった。こんなまねはしたくなかった。もうどうにでもなれ、だわ。そうすれば少なくとも、家に帰ってベッドで眠れる。そもそも、こんな時刻にこんなところで待ち伏せしていたら、リック・アンドレアスがどういう反応を示すことやら。我ながらなんと無謀な行為だろう。

いつの間にか、うとうとしたのだろう。物音に気づいて、リーサははっと目を覚ました。ゲートの前に一台の車が止まり、強力なライトで広い範囲を照らしている。リモコン操作でゲートが開き、車が進み始めた。

リーサはとっさに車を発進させ、ゲートが閉じる直前に、なんとか中へ滑りこんだ。少なくともこれで、中に入れたわ。きたるべき対決に備えて深呼吸をしてから車を降り、リーサは私道を歩き始めた。

けれどもすぐに、凍りついた。ぞっとする低いうなり声が前方であがったかと思うと、見る間に恐ろしいほえ声に変わった。そこへさらに、別の声が加わる。戦慄《せんりつ》が体を駆け抜け、リーサはその場に立ちつくした。二頭のドーベルマンが突進してくる。

リーサは叫んだ。いや、叫んだつもりだった。口は確かに開いていたが、声が出たという記憶はない。心臓が止まるのではないかと思われた瞬間、彼女は万事休すと目を閉じた。

だが、何も起こらなかった。

遠くで何やら鋭く命じる声がしたかと思うと、犬たちがくんくんと鼻を鳴らし始めた。やがて現れた飼い主は、侵入者の正体を確認して悪態をつき、番犬を追い払った。

「無茶をするにもほどがある！」リックは容赦なく怒鳴りつけた。「あの犬たちは、相手を襲ってもかまわないと教えこまれているんだぞ」

「こんな歓迎を受けるとわかっていれば、私だって入らなかったわよ」リーサの声は震えていた。薄闇《うすやみ》の中に浮かび上がった彼の顔を見る限り、そうとう怒っているようだ。

「こんな遅くにここで何をしているんだ？」

「話があるのよ」

リーサがぞんざいに言うと、彼の黒い目があざけるように光った。

「僕たちの間にまだ話が残っているとは思わなかったよ」

「中へ入れてもらえないかしら」夜の影が覆いかぶさってくる感じがして、リーサはすがるように彼を見つめた。冬の冷たい夜気が服の中までしみてくる。

「ライオンの巣穴に入るのかい？」彼は皮肉たっぷりに言い、羊革で裏打ちされたカー・コートのポケットに両手を突っこんだ。「それが賢い選択と言えるかな？」

賢くなくても、ほかにどうしようもない。「あなたの番犬が来られないところに行きたいの」

「ちゃんと紹介すれば、意外に人懐っこいよ」

「冗談でしょう」リーサは信じられない思いで彼を見やった。いましがたの恐ろしい遭遇のせいで、体はいまも震えていた。

リックはさもばかにした態度で大げさに玄関を示した。数秒ためらったのち、リーサは先に立ってドアを抜け、豪華な玄関ロビーに足を踏み入れた。たちまちセントラルヒーティングのぬくもりが、彼女の体を包みこむ。リックが玄関のドアを閉める傍らで、リーサは自分がひどく危うい状況に置かれているのを感じた。彼が振り返った。

「居間へ行こう。飲み物を用意するよ」

リーサとしても、何か神経をなだめてくれるものが欲しかった。案内されて部屋に入ると、広々とした空間に、洗練された家具と調度が趣味よく配置されていた。

「かけて」座るよう勧めてから、リックはボトルの並んだカウンターのほうへ歩いていき、二個のグラスを取り出した。「ブランデーでいいかな？」

リーサが黙ってうなずくと、彼はそれぞれのグラスに氷を入れ、なみなみとブランデーをついで彼女のそばに戻ってきた。

「さあ、飲みたまえ。顔が青い。まだショックから立ち直れていないようだ」

素直に従ったほうがよさそうだと判断し、リーサはゆっくりとグラスを口に運んだ。液体が炎となって体じゅうを駆けめぐっていく。

リックはその場に立ち、グラスの中の液体をゆっくりとまわしていたが、やがて意を決したように、彼女の全身に目を走らせた。「それで、夜間の訪問の目的は?」危険なほど穏やかな声だ。

リーサは一瞬、目を閉じて、気持ちを落ち着かせた。「今日の午後は、短気を起こしてしまったわ」

「それは謝罪なのかな」彼は冷ややかに返した。

リーサは彼をまっすぐに見つめた。「あなたの申し出について考え直したの」

「ほう?」リックは皮肉たっぷりに眉を上げた。黒い瞳にははっきりと侮蔑《ぶべつ》が映っている。

リーサは彼の右肩のあたりに視線を移した。「受け入れることにしたわ」

「約束の刻限から七時間以上過ぎていることは知っているかな?」

リーサは喉にこみあげた塊をのみ下した。「つまり、手遅れだと?」

「僕の記憶では、君はきっぱり断ったはずだ」

「いいかげんにして!」リーサは怒りを爆発させた。「あなたの最後通告のことは、今日のお昼にジェームズから聞かされたのよ。もう昨日になるけれど」彼女は訂正した。「そうしたら二時間とたたずにあなたが現れて……中世の暴君よろしく、私に威圧的な態度をとった。私としては、ほかにどういう反応ができたと思う?」

無言を貫くリックの視線をずっと受け止めているのは、かなりの勇気が必要だった。

「おそらくあなたの言葉だと思うけれど、〝強固な結びつき〟を実現する覚悟ができたわ」

リーサは落ち着いた声で告げた。「便宜結婚によって」

「便宜結婚？」彼は鼻を鳴らした。「誤解のないように言っておくが、リーサ、僕は単に妻をそばに置いておきたいわけではない。結婚するからには、もちろんベッドもともにしてもらうつもりだ」彼はにやりとした。「まさか君がそこまで無邪気だとは思わなかったよ」

彼女の目が怒りに燃えた。「なんて卑しいの」

「もっとひどい言われ方をしたこともある」彼は平然と認めた。

リーサはブランデーを飲み干し、考えるより先に立ち上がった。「これ以上、こんなところにはいられないわ」

「そう言わずに」リックは横柄に制した。「どうぞもう一杯。お互いの……同盟を祝って」

「いいえ、一杯で充分よ」リーサはつっけんどんに答えた。「家まで運転するんだから」

「僕が安全に送り届けるよ」

「けっこうよ」

「なんと独立心の旺盛《おうせい》な女性だ」いかにも見下した口調だった。「結婚してからも、たっぷり披露するつもりかな」

「披露させてくれるの？」リーサが言い返すと、彼は黒い目で探るように彼女を凝視した。

「反抗は断じて認めない」

「いいかげんにして！　いったいどういうつもりなの？　この家だって……まるで要塞《ようさい》みたいだわ」リーサは怒りをこめて、相手をにらみつけた。「ハーレムの女奴隷か何かみたいに、私をこの家に囲っておくつもり？」

リックが浮かべた笑みは、どこか残忍な感じがした。「君は想像力が豊かだな」

「どんな形にせよ、あなたに服従する気はありませんから」

「条件をつけるのはやめたまえ」リックの声が危険な響きを帯びた。

再びリーサの怒りが爆発した。「ありのままの私を受け入れるか、受け入れること自体をやめるか、二つにひとつよ」

リックの目が冷たく非情な光を放った。「君は駆け引きのできる立場にはないはずだ」

リーサは無意識のうちに顎を上げ、目に戦いの炎を燃やした。「いつでも男性が偉いと思っているような、傲慢《ごうまん》な人の言いなりにはならないわ」ブランデーの力も手伝って、ふだんの彼女ならためらうはずの言葉が口をついて出た。「私は断固、戦いますから」

「結婚を戦いになぞらえるのは、いただけないな」彼はにべもなく退けた。「子供じみたまねは慎むことだ。戦いとなれば、君がどんなにあがいても、僕のほうが有利だ。武器はそろっているからね」

「私は子供じゃないわ」リーサは彼をにらんだ。

「まだまだ子供さ」

「帰るわ」リーサは彼の前を通り過ぎようとした。

「送っていくよ」

「地獄へ落ちれば！」呪《のろ》いの言葉を吐いた次の瞬間、リーサは両腕をつかまれ、むなしくもがいた。必死な彼女とは対照的に、彼のほうは頭にくるほど簡単に彼女をつかんでいる。

「放してよ！　まだ、あなたのものになったわけじゃないわ」

「だが、商品に関して意見を言う以上の権利が僕にはある」リックは冷たく言い放ち、彼女の肩をつかんで引き寄せた。

運命の不公平を、リーサは大声でののしりたかった。「なんのまね？　無理強いする気？」

言いすぎた、と彼女は悔やんだ。リックがどう出るかわからず、恐怖がこみあげる。怒りにこわばった彼の顔がみるみる近づいてきた。

次の瞬間、唇が重ねられた。いかにも罰にふさわしい、荒々しいキスだった。うめくリーサにかまわず、リックは無理やり彼女の唇を押し開き、柔らかな口の中を舌で探った。リーサは逃れようともがいたが、こぶしで彼の背中をたたいても、胸をたたいても、手の届く限り、どこをたたいても無駄だった。護身のために覚えた二、三の技もあえなく失敗に終わった。うつろな感覚の中で、彼女はあきらめて身を任せた。心はぼろぼろだった。

永遠とも思える時間が過ぎたころ、ようやく唇をとらえていた力が弱くなった。彼が顔を上げたときには、リーサはめまいがしそうだった。もうたくさん。こんな屈辱にはとても耐えられない。悔しいことに涙がこみあげ、みるみる両目にたまった。涙でかすんだ視界の向こうに、容赦のない表情を浮かべたリックの顔が見える。「帰るわ」震えだしそうになるのをぐっとこらえ、リーサは抑揚のない声で告げた。唇が腫《は》れて、血の味がする。

リックは黙って彼女の腕を取り、玄関へ向かった。正面の階段を下り、私道に止めてある自分の車のそばまで来ると、彼はぞんざいに告げた。「乗って」

言い返す気力もなかった。抵抗の炎はすでに消え、リーサは負けを認めて素直に助手席に乗りこんだ。

アパートメントに着くまでの三十分間、どちらもひと言も話さなかった。そして車が中庭に止まった瞬間、リーサはドアの取っ手に手を伸ばした。

「まだだ」リックが呼び止めた。

リーサは振り返り、弱々しい声で言った。「明日は早くから撮影があるのよ」

「何時に終わる?」

「どうして?」

「一緒にランチでも」

リーサは噛《か》みつくように言い返した。「私は会いたくないわ」

「君の希望を聞き入れていると、次に会うのは結婚式の当日になってしまう」

冷ややかに指摘され、リーサは長いため息をもらした。「それはいつなの？」

中庭の照明が奇妙な影を投じ、彼の顔が悪魔めいて見える。

「なるべく早く。少なくとも二、三日のうちには」

「まさに〝神よ、我を助けたまえ〟だわ」リーサは再びため息をついた。

「祈っても無駄だと思うが」

「そうね、地獄に落ちろ、のほうが妥当かも」彼女はわざと甘い声を出した。

「現実的になったほうが君のためだ」彼はぴしゃりと言った。

「この忌まわしい陰謀のどこに、私のためになることがあるというの？」

「おやおや、僕はそこまで捨てたものではないと思うよ」

リーサの目の奥で怒りの火花が散った。「あなたの仕組んだ悪魔のような取り引きに巻きこまれて、私は心底うんざりしているの。ひとりの人間が別の人間を無理やり従わせるなんて、絶対に法に触れるはずだわ」

「やっぱり気が変わったのかい？」

危険なくらい甘い声に、リーサは思わず身震いした。「いまさら変えられるはずないでしょう」

「だったら、子供みたいに意地を張るのはやめて、現実と向き合いたまえ」

おそらく、そのとおりなのだろう。明日になれば、すべては違って見えるのかもしれない。「おやすみなさい」リーサは感情を排して告げ、一度も振り返ることなく、建物の玄関を目指した。

その晩はなかなか眠れず、二、三時間後に目覚まし時計が鳴ったときには、思わずうなり声をあげて止めた。頭ががんがんする。

カメラの前にも、注文の多いカメラマンの前にも、立ちたくない。ロベルトに電話して断ろうかと、そのまま五分ほど迷っていた。けれども続いてプロ根性が頭をもたげ、リーサは上掛けをはねのけ、バスルームに向かった。

トーストとブラックコーヒーで朝食をすませたのち、リーサはタクシーを呼び、メイクアップに最後の手を加えた。電話が鳴ったのは、アパートメントを出ようとしたときだった。彼女は急いで部屋を横切り、受話器を取り上げた。

「リーサかい？　ずっと電話していたんだぞ。ゆうべも、けさも。どうして出なかったんだ？」

何よ！　リーサは深呼吸をして気持ちを落ち着かせ、冷静に答えた。「もう出かけるから、いまは話していられないの、ジェームズ。夜に電話するわ」

兄が次の言葉を口にする前に、彼女は急いで受話器を置いた。ところが三歩も行かないうちに、またも電話が鳴った。無視したかったが、結局は良心に負けて受話器をひったくり、声を荒らげた。

「おいおい、けさはご機嫌斜めかい？」

トニー！　まるで喜劇だわ。リーサは自分をあざけった。「そのとおりよ」いつもの彼女らしくない、いらだった声になる。「何か用？」

「リーサ、僕が何をしたというんだ？」トニーは訴えた。「ゆうべはディナーの約束をジェームズがキャンセルしてきたかと思ったら、けさはいらだったライオンみたいに噛みついてきて。僕は君が元気かどうか確かめ、ランチに誘おうとしただけなのに」

「ランチは無理よ」いま、その理由まで説明するのはおよそ不可能だ。リーサは腕時計に目をやった。そろそろタクシーが来るころだ。「ねえ、もう行かなくちゃ。あとで電話するわ」

何もかもリック・アンドレアスのせいよ。リーサは憤然としてアパートメントのドアを閉めた。エレベーターを待つのももどかしく階段を駆け下りると、中庭にはすでにタクシーが止まっていた。

サッシャはいつもにも増して要求が多かった。

「ダーリン、完全に気が抜けているじゃないか。笑顔だよ。いいかい、ここはフランスのリビエラで、君は金色の砂浜で仰向けに寝そべっている。あるいは、コスタ・デ・ソルでもいい」

「ここは真冬の南半球なのに？　どうしても頭が拒否するわ」

「思いこむのさ。太陽は暖かく、海は青く、そばにはオイルを塗ってくれる恋人もいる。目を閉じて、そういう場面を思い浮かべるんだ。それから目を開けて、ゆっくりと僕を見る」サッシャは次々と指示を飛ばした。「そうだ、さっきよりずっといい。よし、今度は起きて座ってくれ」

休憩まであとどれくらいかしら。一時間？　リーサは指示に従い、なんとか期待に応えようと努めた。

「着替えておいで、ダーリン」モデルの疲れを察したと見え、サッシャが告げた。「三十分の休憩だ」

リーサは立ち上がり、更衣室を目指した。部屋に入るなり、慣れた動作でワンピースの水着を脱ぎ、ミリーの手からなめらかな感触の二つの布の塊を受け取る。

「これってビキニのつもりなの？」細いひもを結びながら、リーサはいぶかしげに尋ねた。

「かなりきわどいわ」

「あなたなら大丈夫。これを着こなせる人なんて、めったにいないわよ」ミリーは笑顔で請け合った。

リーサは大げさに天を振り仰ぎ、それから冗談めかして言った。「まあ、どうせ相手はカメラだし。これを着てキャットウォークを歩けなんて言われたら、きっと逃げ出すけれど。こんな小さなビキニ、デザイナーだって本気で売れるとは思っていないでしょうに」

「世の中の女性は、あなたのようになりたくて必死なのよ。あなたが着れば、なんでも買うわ」ミリーは勇気づけ、悟りきったようにうなずいた。「肝心なのは、そういうこと」

「あらあら」リーサはわざとらしく声を張りあげた。「今日のあなたは皮肉な気分に陥っているようね」

「いいえ、正直なだけよ」ミリーはドアを目で示した。「さあ、サッシャの雷が落ちる前に行ってらっしゃい。けさはただでさえ不機嫌なんだから」

それからほどなく、リーサはまたも我慢の限界に達しそうになりながら、サッシャの指示に従っていた。そしてふと振り返ったとき、ドア枠に悠然ともたれて立つリック・アンドレアスの姿が視界に飛びこんできた。

リーサは驚いて目を見開き、続いて鋭くサッシャを見やった。撮影中の見学は厳重に禁じられているはずだ。

「いいんだよ」サッシャはあっさり受け流した。

次にリーサはロベルトに視線を向け、それから仕事の現場に侵入した素人男性をさっと振り返った。

リックはその場を動こうともせず、申し訳程度の水着で覆われた彼女の姿をじっくり眺めている。リーサが平静を保つにはかなりの努力を要した。

「ここで何をしているの？」彼女は無愛想に尋ねた。値踏みするような視線にさらされ、一糸まとわぬ姿になった気がする。手の届くところに化粧着があったので、それをすばやく羽織り、震える手で腰のひもを結んだ。

「お忘れかな？ ランチデートの約束だろう？」彼はゆったりとした口調で指摘した。

リーサは憎しみをこめてにらみつけた。「外で待っていればいいでしょう」無意識のうちにサッシャを見やる。

「サッシャとは長いつき合いでね」リックが説明した。「それゆえ僕は、彼の聖域を侵してもいいことになっているんだ」

何よ、おもしろがって。いいわ、二人で楽しんでいれば！ リーサはあてつけの意味をこめて会釈し、更衣室に向かいながら無愛想に告げた。「あなたは特権をお持ちのようだけれど、そこをどいていただけないかしら。もっとましな服に着替えたいの」

リックは彼女の鎖骨を指でなぞり、喉もとのくぼみでしばし手を休めたのち、その手をさらに、化粧着の襟となだらかな胸のふくらみが出合う場所に進めた。「僕としては、このほうがはるかに望ましいが」セクシーな口もとにからかうような笑みが浮かぶ。「これで表に出ては、暴動が起こるだろう」

まったく、信じがたい人だわ！ 怒りの火花を両目に散らし、興味津々で見ている二対の目を意識しながら、リーサは彼が立ちはだかっている場所を迂回《うかい》して更衣室へ逃れた。

十分後、彼女は上質のウールのスカートとシルクのブラウスに着替え、似合いのジャケットを羽織って、シニョンに結い上げた髪の具合を確かめた。メイクアップは最小限にとどめ、パウダーを軽くはたいた上にアイシャドーとマスカラ、それに口紅を添えるだけにした。

スタジオに戻ると、三人の男性が集まって話していた。リーサに気づいたロベルトが手招きをする。

「いま、君のことを話していたんだ」

「そうなの?」リーサは驚いて尋ねた。「それはまた、どういうわけ?」

「君の最後の仕事が終わったのでね」リックが有無を言わさぬ口調で告げ、意図的な穏やかさでつけ加えた。「撮影に関しても、ファッションショーに関しても」

リーサの中で激しい怒りが渦を巻いた。「信じられないわ!」

リックの目が危険な輝きを帯びた。「信じるんだよ、リーサ」

無分別にも彼女は反射的に言い返した。「仕事はやめないわよ」

リックの顔がこわばり、ぞっとするほど硬い表情になった。「たったいま、やめたんだよ」

「なるほど。過去の交友関係はすべて断てというわけね」怒りに押されて口から言葉があふれ出る。そのとき、リックの顎に力がこもったことに気づき、リーサは我に返った。彼を怒らせるなんて身のほど知らずだ。また痛い目を見るだけなのだから。

「そんなことはない」リックは鷹揚《おうよう》に言った。「仕事を辞めるだけだ」

リーサはロベルトを見やり、続いてサッシャに視線を移した。「大きなショーが、少なくともあと二件はあるはずよ。私も出ることになっているショーが」彼女は声を震わせて続けた。「それについては、どうするの？」

サッシャは肩をすくめた。「穴を埋める人間はいるさ。君のようにはいかないかもしれないが、とりあえずショーは開ける」

そんな返事を求めているわけではない。「ロベルト？」

「君は最高だよ、スウィートハート」彼は優しく言い、感情たっぷりに両手を広げた。

「だが、サッシャの言うとおりだ。この業界では誰もが入れ替え可能なのさ」続いて彼はにやりとした。「君がもし僕のものだったら、僕だって、ほかの男性の視線にさらしたいとは思わない」

これじゃあ、謀議による職業妨害だわ。リーサは苦い敵意をこめて、リックをにらみつけた。「考え直してほしいと頼んでも、無駄なんでしょうね」

「察しが早いな」

リーサは肩を落とし、ロベルトのほうを振り返った。「それで、お次は？　別れの一杯?」彼女はむなしく笑った。「それとも、とっておきの握手をしてもらえるのかしら?」

「シャンパンを」サッシャがおどけて答えた。「ちょうど冷えたのがあるんだ」

「まあ、タイミングのいいこと」声にかすかな刺《とげ》がにじむのを、リーサは自分でもどうしようもなかった。

サッシャは苦笑いし、ミリーの分も含め、小さな冷蔵庫からボトルと五個のグラスを出してきた。

リーサは感覚を麻痺《まひ》させたくて、泡のはじけるシャンパンをあおるように飲んだ。おそらくそんなに早く飲んではいけないのだろうが、悲しくしぼんだ気持ちを支えてくれる何かが必要だった。思惑どおり、アルコールは早くも力を発揮し、血管が温かくうずくのを感じつつ、彼女はおぼろげな満足感を味わった。

いつの間にか皆の位置が入れ替わり、リーサの隣にはリックが立っていた。突然のように彼の存在が意識された。かすかなムスクの香りと、彼の発する純然たる動物的な魅力が、彼女の意識を強力に引きつける。荒削りな顔に目が勝手に吸い寄せられ、セクシーな唇に視線が留まったとたん、心臓が不安定なリズムを刻みだした。重なった唇の感触がよみがえり、背筋を震えが駆け抜ける。ロベルトに勧められるまま、彼女はすがる思いでグラスにおかわりをついでもらった。

「どうせ、すべてあなたのお膳立《ぜんだ》てなんでしょう」ロベルトが離れるのを待って、リーサはリックにちくりと言った。「あなたって、何から何まで世話を焼いてくれるのね」

「意外だったかい？」リックは意味ありげに語尾を引き伸ばした。

リーサの顔に冷笑が広がる。「もちろん、そんなことはなくてよ、ダーリン。手際のよさにかけて、あなたの右に出る者はいないわ」

リックはかすかに目を細め、彼女の頬の赤みに目を留めた。「朝食は食べたのかい？」

「どうだったかしら……」眉間《みけん》にかすかなしわを寄せ、彼女は思い返した。「そういえば食べていないかも」

「そういうことなら、グラスの中身は僕がもらう」彼はリーサの手からグラスを取り上げ、目で無言の非難を発している彼女に警告した。「反抗はやめたまえ。後悔するぞ」

「まあ、なんて怖いんでしょう！」リーサは大げさに驚いてみせた。「結婚前から脅されるようでは、先が思いやられるわ」

リックは黙って彼女のグラスの中身を飲み干し、続いて自分の分も飲み干した。「そろそろ失礼させていただくよ」彼は残りの三人に目を向けた。「ランチを予約してあるので」

そう言うなり、彼はリーサの腕をつかんでドアのほうへ追い立てた。

「あとで電話をするわ」リーサが残った三人に戸口から呼びかけた次の瞬間には、二人は廊下に出て、エレベーターを目指していた。「なんて傲慢な人なの！　こんなふうに引きずり出さなければならない理由があって？」

「言葉に気をつけるんだ」リックはさらりと忠告した。

「なぜ？」リーサは挑むように問いただした。「私に何をしようというの？」

リックは冷酷なまなざしを注いだ。「黙らせる」

「野蛮なやり方はお断りよ」リーサはぴしゃりと言い返した。これほどの憎しみを感じたのは、生まれて初めてだ。

「だったら、そういうやり方を僕にとらせないよう自重するんだな」

エレベーターが到着し、ドアが開いた。中に入ると、リーサは息がつまりそうだった。傍らに立つ男性が意識されてならない。

「どこで食べるの？」

「どこでもかまわないさ。肝心なのは、君にものを食べさせることだ」

「子供じゃないんだから、いちいちつかんで歩く必要はないわ」リックに肘をつかまれ、リーサは抗議の声をあげた。乾いた笑いをもらして続ける。「それとも、私のことを酔っ払いだと思っているのかしら？」

舗道に踏み出しながらリックが見せた笑みには、見る者をぞっとさせるものがあった。

「少々ね」

「あなたはいつも、そんなに無遠慮で鼻持ちならないの？」

彼の目が危険な輝きを帯びた。「いいかげんにしないか。レストランはすぐそこだ」

「いやだと言ったら？」気づいたときには、リーサは口走っていた。舌に悪魔が乗り移ったに違いない。

「君のアパートメントに連れて帰り、教えこむ」

「大したものね。そうやって暴力で脅して、私は従うしかないというわけね」

彼の返した一瞥《いちべつ》を目にした瞬間、リーサの気持ちはなえた。リックに手を引かれ、こぢんまりした高級そうなレストランのドアを抜けながら、彼女はもはや何も言う気になれなかった。

店はサービスの点でも卓越しているようで、みごとな早さでコースの最初の料理が運ばれてきた。リーサには何か注文した覚えはなかったが、メインの料理が運ばれてくるころには、頭のふらつく感じはずいぶんおさまった。

「結婚の誓いはどこで交わすの？」

「リーサ・アンドレアスになるのが待ち遠しいのかな？」

その言葉の意味することを思い、リーサはテーブルの皿に視線を落とした。「答えは知っているでしょう？　いつそうなるのか知りたいだけよ」

リックは彼女をじっと見つめた。「金曜日の午後四時だ」

信じられない思いに駆られ、リーサは目を見開いた。「まさか……」

「あさってだ」リックはきっぱりと言い添えた。

「だって、手続きには少なくとも三日はかかるはずよ。そんなに急に結婚なんてできないわ」リーサは思わずうなり声を発した。「トニーにだって、きちんと断ってもいないのに」

「じゃあ、できる限り早く話すべきだな」

「人のことなど、どうでもいいみたいね」リーサは怒りをぶつけた。

「君がどうやってその……友人を捨てるかは、完全に君の問題だ」彼は冷たく言い放った。

「友人ではなく、恋人かもよ」

うっかり口をついて出た言葉に、一瞬リックの目が険しくなった。続いて彼は冷ややかに指摘した。

「そうだとしても、すぐに忘れるだろうね」

「あなたという人は……この……野蛮人！」激しい嫌悪にとらわれ、言葉がすらすら出てこない。

「僕が、その男の影を消してやるとほのめかしたから？」リックはさげすむように問い返した。

「あなたの豊富な経験に比べたら、トニーなんか取るに足りない若造だと言いたいのね」

「否定するのか？」

否定などできるわけがない。目の前の黒い瞳には、彼がこれまで歩んできた人生のすべてが映しだされている。それに気づいたとたん、リーサは自分がひどく無防備に思われ、目を伏せた。

「これ以上、食べられないわ」本当だった。食欲はいつの間にか失《う》せていた。

彼女の全身をなめるように眺めたのち、リックはなめらかに告げた。「僕が食べる間、コーヒーでも飲んでいるといい」彼はウエイターに合図を送り、コーヒーを注文して、再び食事に戻った。

リーサは黙ってその場に座り、運ばれてきたコーヒーを飲んだ。先ほどの頭痛がよみがえり、またたく間に激しくなった。彼女は無意識のうちにバッグから鎮痛剤を取り出し、小瓶から二錠を取り分けて、水の入ったグラスに手を伸ばした。

「ちゃんと食べれば治るだろうに」思いやりのかけらもない口調でリックが指摘した。

リーサが見上げると、彼がこちらを凝視している。彼女はどぎまぎしながら言い返した。

「無理に食べても、喉につかえるのが関の山よ」

「君の食事の量は雀《すずめ》以下だな」

「たった二回、一緒に食べただけのあなたに、何がわかるの？　職業上、体重には気をつけなくてはいけないのよ。これでもきちんと管理しているし、食事ごとにビタミン剤ものんでいるわ。処方されたものをね」

「おや、忘れたのかな？　君にはもう職業はないいんだよ」

「あなたのせいでね！」

「コーヒーを飲みたまえ」リックはぞんざいに言い、ナプキンをたたんだ。リーサが向けた敵意むきだしのまなざしを無視して言う。「一緒に来てもらわなければならないところが二、三ある。それがすんだら、家に帰ろう」

「あなたの家に？ それとも、私の？」

リーサがとっさに尋ねると、彼は横目でじっと見つめた。

「最終的には君の家に。夜は食事に出かける」

「あなたはいつも、そうやって人に命令するの？」リーサは憤然として尋ねた。「できれば、頼んでほしいものだわ」

「それで、断るチャンスをやれとでも？」

「別にかまわないでしょう」リーサはため息をついた。「どうせ勝つのはあなたなんだから」

「それに気づいているとは、君はなかなか賢い」

リーサは精いっぱいの憎しみをこめて彼をにらみつけた。「出ましょう。これ以上ここにいたら、自分でも後悔するようなことを口走ってしまいそうだわ」

舗道に出て地下の駐車場へ向かうころには、リーサの視界は怒りの涙にぼやけ、容赦なくつかまれた腕を振りほどく気力も残っていなかった。

4

続く時間は慌ただしく過ぎていった。

結婚の証拠としてリーサに指輪をはめさせると、リックは主張して譲らなかった。プラチナの台座にダイヤモンドの粒が並んだ豪華な指輪を買い、彼女の怒りと抵抗におかまいなく、無理やり指にはめさせた。

次に二人は法律事務所を訪ねた。

「契約書にサインでもさせたいの?」華やかなオフィスビルに入り、エレベーターホールへ向かいながら、リーサは尋ねた。

リックはそっけなくうなずいた。「強要されたのではなく、君が自らの意思で結婚することを明記した契約書に。一定期間、離婚を排除する条項も含まれている」

リーサは一瞬、言葉を失った。「そんな契約、法的に通用するはずがないわ」声が震える。

「保険のようなものだ。五年が経過した時点で、双方にとって離婚が望ましいとなれば、僕も調停に同意する」そう言ってから、リックは信じられない額の慰謝料を提示した。

リーサは目を見開き、彼をにらんだ。「何から何まで、想定済みのようね」

「僕が事業で成功したのには相応の理由がある」

リーサは怒りを抑えるのに苦労した。「要するに、私が離婚訴訟を起こして、お金を巻き上げるんじゃないかと疑っているのね」

「前例は多々ある」

リックの冷ややかな指摘に、リーサは憤然としてまくしたてた。「何かお忘れじゃないかしら。結婚を迫ったのはあなたよ。私はこの悪魔のようなもくろみの、単なる駒《こま》にすぎないわ」

「代わりに充分な補償を約束するよ。服代に旅行代、その他もろもろ」リックはなめらかに答えた。「そして、最後には莫大《ばくだい》な慰謝料も」

けれどもリーサには、〝その他もろもろ〟のほうが気になった。「本当に五年ももつかしら」

「わからない。気が変わって、一生つき合うことになるかもしれない」

「ありえないわ」

「来たよ」

リックに促され、リーサは操り人形のようにぎこちなくエレベーターに乗りこんだ。

「サインを断ったらどうなるの？」

彼はかすかに目を細めた。「一度は大目に見たが、二度目はない」

暖房がきいているにもかかわらず、リーサは急に寒気に襲われた。


弁護士事務所を出て、車がハーバー・ブリッジに差しかかったあたりで雨が降りだした。アパートメントに着くや、リーサは何も考えずに車を降り、雨の中を駆けだした。

「まったく、何を考えているんだ！」

リックがあとから追ってきた。

「自分の家に帰るのに、エスコートは不要よ」リーサは凍るような一瞥《いちべつ》を投げつけた。「もう耐えられそうにないの。夜までつき合えと言われたら、たぶん吐くわ」

「素直に言うことを聞け」リックはひるむことなく、正面の階段へ向かいかけた彼女の腕を乱暴につかんだ。

振り返ったリーサの顔にはすさまじい怒りがにじんでいた。「放して！」

「これ以上、僕の忍耐を試すようなまねをしたら、結果に責任は持てないからな」

「女性に手を上げる気？」リーサは食ってかかった。

「罰の方法はほかにもある」

言葉ににじんだ脅しに、リーサは心底ぞっとした。ここまでリックを怒らせるなんて、私は正気を失ったに違いない。部屋の前まで来ると、彼女はバッグを開けて鍵《かぎ》を取り出し、黙ってリックに渡した。

リーサは中へ入り、靴とコートを脱いだ。「何か飲みたいわ」胸の内の怒りをしずめてくれるものが欲しい。このままでは、何かに八つ当たりしてしまいそうだ。

「はたしてそれが賢明と言えるかな」

彼の忠告を無視して、リーサはキッチンに入って戸棚を開けた。「あなたはウイスキー?」

「氷と炭酸水を。なければ水でいい」リックはそっけなく言い、彼女が冷蔵庫を開けるさまを見守った。

リーサは彼の視線を感じ、背筋の震えを止めようと肩をすくめた。リックにグラスを渡しながら挑むように言う。「私たちの……未来に」グラスの中身を勢いよく飲み、顔をしかめる。「最悪。きっと私たちの結婚もこんな感じね」

「リーサ、やめないか」リックの声は危険な響きを帯びていた。

それでも彼女はかまわずに、視線をちらりと横に向けた。「書類にサインしたからには、あとの儀式は形だけなんでしょう?」

リックの目が陰り、見極めようとするかのように彼女を見つめた。「僕がその事実を利用するかもしれないとは思わないのか?」

グラスを口もとに運び、リーサは残りを一気に飲み干した。「今日だろうと、明日だろうと、金曜日だろうと、いったい何が違うというの？」彼女のまなざしはひどく傷ついて見えた。しかし、それもつかの間、皮肉の輝きを帯びた。「あなたに私の気持ちはわからないわ」

リックは黙ってグラスを近くのテーブルに置き、リーサのグラスも取り上げた。その意図を察するや、彼女は一歩あとずさり、逃れる方法を探した。二つの固い手が彼女の腕をつかみ、容赦なく引き戻す。

彼の唇が乱暴に重なり、リーサの息を奪った。前回のキスにも増して強烈で、まるで魂の中まで分け入り、焼き印を押すかのようだ。リックが容赦なく欲求を満たす間、彼女はただ、子犬が鳴くような哀れな声をたてていた。

不意に、リックは嫌悪もあらわに体を離し、両手で彼女の肩を力任せにつかんだ。「君はいつもそうやって、男を我慢の限界まで追いつめる」吐き捨てるように言い、彼はリーサの青ざめた顔を無慈悲に眺めた。かすかに腫《は》れた口もとに目を留める。「僕が感情をコントロールできる人間であることに、感謝するんだな。さもなければ、君はいまごろ、ここにこうして立ってはいない」

リーサはやっとの思いで息を吸いこんだ。「もしそれが教訓のつもりなら、続きはもうけっこう」肩をつかむリックの手にさらに力がこもり、彼女は顔をしかめた。「痛いわ！」

一瞬、リックの目がきらめいたが、彼は呪《のろ》いの言葉をつぶやいて手を離した。その拍子にバランスを崩し、リーサは近くの支えにつかまったものの、それが彼の腕だと気づくや、熱いものに触れたかのように手を離した。

リックが顔をこわばらせてリーサの腰をつかむと、彼女は息をのんだ。

「やめて」リーサは無意識のうちに許しを乞《こ》うた。視界がぼやけ、何も見えない。「もう限界よ。とても耐えられない」

「僕を見るんだ」リックは険しい声で命じ、彼女が従わないと見るや、無理やり顎に手をかけて顔を上向かせた。「リーサ?」

声に潜む脅しに負け、リーサはゆっくりと目を上げた。

「これ以上の罰をそそのかすものではない」リックは容赦なく警告した。

リックの険しいまなざしに、リーサの唇が震えだす。「お願いだから帰って」彼女は喉をふさぐ塊をのみ下した。その動きを、リックは目を細めてじっと見ていた。

「食事に出かけると言っただろう」

リーサは肩にかかった髪を振り払った。「断ると言ったら?」

「何か注文して、ここで食べる」

リーサは一瞬目を閉じ、それから開いた。そこには敗北の色が映っていた。「このままここにいたら、たぶん殺し合いになるわ」彼女は力なく言った。

「化粧を直してくるといい」

リックが静かに告げ、リーサが居間の中ほどまで歩きかけたとき、玄関のベルが鳴った。

彼女はいつものように用心深くインターコムのボタンを押した。「どなた?」

「僕だよ、リーサ。トニーだ」

「ああ、勘弁して」彼女は思わずつぶやいた。「ちょっと待って」肩越しに振り返ると、無敵の男性は窓際に立っている。彼女は深呼吸をして、ドアを開けた。「どうして家にいるとわかったの?」

「スタジオに電話をしたんだ」そう言って、トニーはウェーブのかかった髪をかき上げた。乱れた金色の髪がなんとも言えず魅力的だ。「どうしてこんな早くに家にいるんだい? たしか帰宅は六時過ぎだと言っていたのに」

いったい何から説明すればいいの? リーサは混乱した。「私は……」

「紹介してくれないのか?」

リーサはさっと振り返った。すぐ後ろにリックが立ち、おもしろがるように見ている。見知らぬ男とリーサの顔を見比べ、トニーはいぶかしげに尋ねた。「その男は?」

説明している暇などない。リーサは二人の男性を引き合わせた。「こちらはトニー・ムーア。こちらはリック・アンドレアスよ」

どちらの男性も身動きひとつしなかった。無言のうちに値踏みし合うかのような、奇妙な空気が流れる。トニーは何かがおかしいと察したらしく、リーサに怒りのまなざしを向けた。

「そいつはここで何をしているんだ？」

「いてはいけない理由でもあるのかな？」リックが皮肉たっぷりに問い返した。

トニーは怒り心頭に発した様子で、リックに食ってかかった。「いいか、リーサは僕のものだ」

「違うな」リックは即座に否定した。「彼女は僕のものだ」

「違う！」トニーは声を荒らげ、言い返した。

リックの目がみるみる険しくなる。「どうかな」

トニーはすばやくリーサに視線を移した。「いったいどういうことだ？」

彼女は喉に居座った不快な塊を、なんとかのみ下そうと努めた。「何もかも、あっという間だったのよ」なんとか釈明しようと試みたものの、みじめな失敗に終わった。

その直後、リックが身をかがめて彼女の左手をつかんだ。たちまちトニーの視線はそこに輝くダイヤモンドに釘《くぎ》づけになった。彼の表情を目にして、リーサはショックのあまり吐き気を催した。

「リーサ、ちゃんと説明してくれ」トニーは雷に打たれたような顔をして言った。「君は僕と婚約するはずだったじゃないか！」

「確かにそういう話はしたけれど――」リーサは力なく言いかけ、すぐさま遮られた。

「話したどころじゃない！」トニーは信じられないと言いたげに、乱暴に髪をかき上げた。

「いいかい、何を血迷ったのか知らないが、もう一度しっかり考えたほうが――」

「リーサはあさって、僕と結婚する」リックが冷ややかに宣言した。

トニーがリーサを振り返った。彼の表情は納得していないことを物語っている。「否定しろよ」

「できないの」リーサはか細い声で応じた。

「なぜだ？」

彼女は弁明するように片手を上げ、間をおかずにその手を力なく下ろした。「こんな形で知らせることになってしまい、本当にごめんなさい」

くすぶる怒りのせいで、トニーの顔がこわばっていく。「なるほど。突然の心変わりを黙って受け入れ、とっとと消えろというわけか」とげとげしい口調で言い放つ。「まったくもって、君には感謝するよ、リーサ。おかげで、僕はとんでもない間抜け者だ」

「そんなつもりは、なかったのよ」リーサは心から訴えた。「どうか信じて」

トニーは怒りのこもったまなざしで、彼女の全身を見やった。「下に止まっていた高級そうなフェラーリは、そいつの車なんだろう。僕は君が、いちばんの高値を提示した相手に自分を売るような女性ではないと思っていた。だが、どうやら思い違いだったらしい」

彼は体の向きを変え、玄関ドアに向かった。「せっかくのめでたい日に、祝いの言葉もかけられなくてすまない。あいにく僕としては地獄へ落ちろと言いたい気分なものでね」ドアを開けて外へ出るなり、彼はたたきつけるようにドアを閉めた。

体が震えだすのを、リーサは止めようもなかった。この数時間ばかりの出来事に、たったいまの出来事が重なり、もはや限界を超えていた。

「これを飲んで」

反論する勇気はなかった。強いアルコールが喉を焼き、リーサはむせた。

「飲み干すんだ」

彼女は黙って従い、空になったグラスを差し出した。「次はどうするの？」

「食事に出かける」

「とても行けそうにないわ」実際、いまにも泣きだしそうになるのをこらえるのがやっとだ。いまはただ、ゆっくりシャワーを浴びて眠りたい。これからさらに数時間リックと過ごすなど、不可能だ。

「ひとりで家にこもって自己憐憫《れんびん》に浸っても、なんにもならない」彼は引かなかった。

争ったところで、なんになるの？　それに、もう戦う気力など残っていない。リーサは黙ってバスルームへ向かい、熱い湯と冷たい水で、交互に顔を洗った。ファンデーションを軽くはたいたのち、頬に軽く紅を差すと、とりあえずの顔色はごまかせた。

リーサは居間に戻り、コートとバッグを手に取った。そして意を決し、射抜くような黒いまなざしを正面から受け止めた。「行きましょうか？」

出かけたのは正解というほどでもないが、とくにひどいわけでもなかった。リックが選んだのは、落ち着いた雰囲気の上品なレストランで、メニューもスタッフの態度も申し分ない。リーサは彼の注文したものをほんのわずか口に運び、彼の皿が空になるのを待って自分の皿を押しやった。一見、穏やかな沈黙のもと、リックがときおり口にする害のないコメントに、彼女は言葉少なに応じた。

「リック！」

不意に柔らかな女性の声があがった。

「おひさしぶり！」

声には喜びがにじみ、語尾のハスキーな響きには、明らかに誘惑の意図が感じられる。声の主を確かめようと、リーサはわずかに首をめぐらした。そこには身長百六十センチほどの豊満な女性が、ひと目でそれとわかるデザイナーズ・ブランドの服を着て立っていた。

「シャンタル・ルーソス、こちらはリーサ・グレイだ」

みごとなまでにくつろいだ態度でリックに紹介され、リーサは笑みを取りつくろった。

「はじめまして、シャンタル」リーサの挨拶《あいさつ》に、相手はちらりと視線を返しただけだった。

「あなたもいらっしゃいよ、リック」シャンタルはおもねるように言った。「デーモンもカウンターにいて、サマンサとアレックスの相手をしているの。合流できたら最高だわ」

「またの機会にするよ」リックが笑顔で応じると、シャンタルはふくれっ面をしてみせた。

「どうして、いまじゃだめなの？　空いているテーブルがあるから、用意させるのは簡単よ」

「確かに」リックはあっさり同意した。「だがいまは、リーサと二人きりでいたいんだ」

「じゃあ電話をして。改めて日を決めさせてもらうから」その声にはかすかな怒りがうかがえた。「近いうちにね、ダーリン。楽しみだわ」彼女は挑発するようにつけ加えた。

「やれやれ」シャンタルが去ると同時に、リーサは息を吐いた。「あなたにそうとうお熱のようね」

リックは片方の眉を上げた。「そうかな？」

「まあ、ダーリン」リーサはばかにしてシャンタルの口調をまねた。「そんなの明らかよ」

リックが肩をすくめる。「彼女は仕事仲間の娘なんだ」

「まあ、すてき！」

リックの黒い目が彼女の表情を探り、正面から視線をとらえた。「どういう意味かな？」

リーサはまばゆいばかりの笑みを向けた。「仕事仲間の娘や妹。あなたはお得意のようだから」

「証明できないことを口にするものではない」リックは硬い声でたしなめた。

また彼を刺激しようとしている自分の無謀さに、リーサは我ながら驚いた。「お気に障ったかしら。そういうつもりはなかったのだけれど」

「シャンパンのおかわりは？」

「そうね」リーサは皮肉をこめて答えた。「すんでのところで侵攻を免れたことだし」

とはいえ、シャンタルの粘りは賞賛に値した。そして公平を期すなら、リックの応対は洗練されていた。だが結局、隣のテーブルに移動してきたシャンタル一行のため、彼は追加のシャンパンを注文した。

「それで、ダーリン」

シャンタルが愛想よく話しかけてきた。大げさな目の輝きと過剰な熱意に、リーサは胸が悪くなった。

「最近はどうしていたの？」

「二カ月ほどアメリカへ行っていて、二、三週間前に戻ったところだ」彼が屈託のない態度で答えると、シャンタルは挑発的な笑みを返した。

「だから見かけなかったのね。父に言って、あなたをディナーに招待してもらわなくちゃ。電話するわね」

リーサは笑いたくなった。シャンタルはいまにもリックを取って食べそうな勢いだ。

「はたして都合が合うかな」リックは考えこむふりをした。

「また旅行でもしましょうよ。私、もうすぐ休暇なの」シャンタルは身を乗り出し、たっぷりと胸の谷間を見せびらかした。「スペインなんて、どう?」

「どうぞお好きに」

リックがそつなく答えると、彼女は眉を寄せた。

「あなたはどこへ行くの、リック? ひとりで旅行をしてもつまらないわ」

「じゃあ、連れを探せばいい」

シャンタルはわざとらしく口をとがらせた。相手を間違わなければ、それは決定的な効果をもたらしたに違いない。「あなたを当てにしていたのに」

「残念ながら、それは無理だよ。妻が賛成するとは思えない」

リーサは息をのんだ。観客の前でいきなり自分も役をあてがわれた気分だ。そしてある意味、それは事実だった。シャンタルの友人たちは、テニスの試合でも観戦するように、興味津々で事の成り行きを見守っている。

「奥さんが?」シャンタルは用心深くきき返した。顔がかすかに引きつっている。

リックは一見ほほ笑んでいるようで、その実、目は笑っていなかった。「僕は三十四歳だよ。身を固めることにしたからといって、さほど驚くにはあたらないだろう?」

「でも、相手は誰なの?」シャンタルの声が一オクターブはね上がった。

リーサはシャンタルがかわいそうになった。シャンタルは明らかにとまどっている。おそらく、リックの未来に関して自分にもなにがしか主張する権利があると信じていたのだろう。

「リーサだよ」

そう答えて振り返った彼の温かなまなざしに、リーサはめまいを起こしそうになった。

「それはおめでとう」シャンタルは悠然と言ったものの、その目はぞっとするほど冷たかった。彼女はリーサを振り返り、大げさな笑みを浮かべた。「リックって、ちょっと手に負えないところがあるけれど、努力する価値は大いにあるわ。あなたが彼の関心をつなぎ止めておけるなら」

「私はとくにこだわっていないの」リーサは穏やかに返した。「でも、助言をありがとう」

「そういうことなら、お祝いしなくては。私のお気に入りの男性が婚約するなんて、めったにないことだから」

シャンタルの連れのひとりが気をきかせ、やはり席を分けようと申し出たが、彼女は無視した。

「ところで私、あなたの顔に見覚えがあるの」シャンタルはリーサの顔をじろじろ眺めた。

「どこかでお会いしたかしら？」

「もしかしたらね」リーサはそつなく答えた。「私は覚えていないけれど」

「たぶん雑誌で見かけたんじゃないかしら」連れのひとり、サマンサが考えこむように言った。「そうよ、間違いないわ」

「リーサはモデルの仕事をしているからね」リックが口を挟んだ。

たちまちシャンタルは抜け目のない表情になった。「まあ、モデルを。生まれたままの姿でポーズをとるのって、恥ずかしくない？」

リーサはいたって冷静に答えた。「そうでしょうね、きっと。でも私は、サッシャ・ファーブルと仕事をしているの。ファッションに興味がおありなら、彼のことはご存じだと思うけれど」

シャンタルの目が光った。「あら、ごめんなさい。モデルとおっしゃるから、てっきりその……」彼女はわざと声を落とした。「悩ましい写真のほうかと思って」

取りたてて焦るでもなく、しかし多分にひけらかしの意をこめて、リーサは婚約したばかりのフィアンセを振り返り、その腕に手を添えた。「踊らないこと、リック？」最高に魅力的な笑みを浮かべながら、彼女はちらりと思った。私は女優になるべきだったかもしれない、と。「せっかくロマンチックな曲を演奏しているのに、もったいないわ」

リックの目がおもしろがるように光った。ダンスフロアへ向かいながらささやく。「いつ火花が散るかと思っていたよ」

「あなたの女性に関する好みは……」リーサはいったん言葉を切り、わざとらしく訂正した。「いいえ、お友だちに関する好みはずいぶん難があるようね」

「僕の女性に関する好みは完璧《かんぺき》さ」リックは彼女の皮肉を意に介さずに答えた。「ただし、君たち女性が僕の気を引こうとまつわりつくのは耐えがたいけれどね」

リーサはいまいましげに彼を見すえた。「そうね。きっと私の目玉をくり抜いてやろうと待ち構えている女性が、大勢いるんでしょうね」

「僕のことをそうとうなプレイボーイと思っているようだな」

「私は別に、あなたがハーレムを持っていても気にしないわ」リーサは甘い口調で返した。「むしろ大歓迎よ」

「一度につき合う女性は、ひとりでけっこう」彼は冷ややかに答えた。「さもないと、おそろしく面倒なことになる」

「私のことは数に入れなくてけっこうよ」

リーサが言い返すと、彼はくすくす笑った。

「とんでもない。たったいま数に入れたばかりなのに」リックは明らかにばかにした目で、彼女をちらりと見た。「それとも、お忘れかな？」

「もううんざり」リーサは静かに告げた。「そろそろ帰りたいわ」

「いいよ」

テーブルに戻ると、リックは二、三の言い訳を添えて、先に帰ると宣言した。笑みを浮かべてシャンタルと仲間にいとまを告げる間、リーサは顔にひびが入るのではないかと思った。

ようやく車に戻るころには、十一時前になっていた。アパートメントに帰るまでの短い間、どちらも口をきかなかった。車が中庭で止まったときにも、リーサは短い別れの言葉を口にしただけでそそくさと車を降りた。ところが、玄関ロビーに着いたところでふと振り返ると、リックがついてくる。

「上まで来る必要はありませんから」リーサはそっけなく告げた。

リックは冷淡なまなざしを彼女に注いだ。「部屋に入るまで見届ける」

前回と同様、リーサから鍵を受け取ってドアを開けたのち、彼は鍵を返した。

「ジェームズに話して、明日、イングリッドに君の買い物につき合ってもらうことになった」彼はそう言って、リーサが顔をしかめるさまに視線を走らせた。「いろいろそろえるものがあるだろう?」

リーサはまっすぐに彼を見た。「たぶん、式には黒衣で現れると思うわ」

リックの口もとが引きつり、恐ろしげな笑みが浮かんだ。「バージン・ホワイトではなく?」

「なんとなく伝統的な花嫁のイメージにはそぐわない気がして」

「それは残念」

黒い目が急に輝きを帯び、リーサは慌てて視線をそらした。「疲れたわ」嘘《うそ》ではない。

本当にくたくただった。早くひとりになりたい。

「明日の夜、七時に来るよ」

リーサは深く息を吸いこんだ。「できれば金曜日まで会いたくないわ」

「式の五分前まで？」

「そう」

リックは彼女の両肩をつかみ、自分のほうに向き直らせた。

「何がしたいの？」彼女は無表情に尋ねた。

「これさ」

彼の顔が近づいてくるのを感じ、リーサは攻撃に備えて目を閉じた。けれども彼の唇はごく軽く、誘うように彼女の唇に触れただけだった。彼の唇は、ほどなく彼女の顔を上へと伝い、閉じたまぶたのそれぞれにキスをした。

リーサが目を開けたときには、彼はすでにいなかった。彼女は静かにドアを閉じ、鍵をかけて寝室へ向かった。

買い物にかけるイングリッドの熱意は、リーサの無関心を補ってなお余りあるほどで、一日が終わるころには、車の後部座席には箱が山と積まれていた。

「今夜はあなた方もうちで食べるのよ」イングリッドが言った。リーサの運転で、車は市街から北へ向かう車の流れに乗ったところだ。

「そうなの？」リーサはきき返し、左の車が無理に割りこもうとするのを見て、思わず舌打ちをした。

「リックもね」

リーサはブレーキを踏むと同時に、クラクションを鳴らした。「まったく、世の中、なんでも男が偉いと思っているんだから。そういう連中に限って我慢がなくて、女性ドライバーの後ろを走ることに耐えられないのよ！」彼女はののしり、乱暴に速度を落とした。

「あきれた」イングリッドが驚き顔で義妹を見やった。「どうやら、かなりストレスがたまっているようね」

ああ、私ったら何をしているのかしら？　リーサは心の中で悪態をついた。気をつけないと、根掘り葉掘りきかれる羽目になる。それも、できれば答えたくないことを。「疲れているのよ」彼女は笑みを取りつくろった。「結婚前の情緒不安定。あなたも経験があるでしょう？」

「もちろんよ。でも、すべて終われば、ほっとするわ」イングリッドは慰めた。

アパートメントで荷物を降ろしたのち、リーサはイングリッドとともに兄の家へ向かった。リックには、先に行っていると電話で伝えた。

イングリッドがキッチンで忙しく立ち動いている間、リーサはサイモンとメリッサの面倒を見ていた。宿題を見てやったり、風呂に入れたり、彼女にとってはいい気晴らしだった。

「どうして僕たちも起きていて、一緒に食事をしてはいけないの？」年上のサイモンが不平をこぼした。

「ちゃんと説明したでしょう」イングリッドは厳しい口調で戒めた。「これ以上の口ごたえは聞きたくありません。ミスター・アンドレアスが見えるまでは、あなたたちも下にいてかまわないわ。でも、紹介がすんだら、きちんとご挨拶して、そのあとサイモンの部屋で一時間だけテレビを見る。二人のうち、どちらかひとりでものぞき見しているのがわかったら、明日の夜更かしはなしにしますからね」

「だけど、リーサのパーティには、私たちも行くのよ」メリッサが目を輝かせ、リーサに向かって宣言した。「新しいドレスと靴を買ってもらったの。大きなケーキもあるって、ママが言ってたわ」

「僕は長ズボンをはいて、ネクタイを締めるんだってさ」

うんざりした様子のサイモンを見て、リーサはおかしそうに笑った。「きっとものすごくハンサムになるわよ。私も鼻高々だわ」

甥《おい》は心もち慰められたように見えた。

「私のことも？」

メリッサに答えを求められ、リーサは二人をそれぞれ抱きしめた。「もちろんよ。私も今夜は早寝するのよ。明日、自分をきれいに見せようと思ったら、十時間は寝なくてはね」

「ごちそうさま」少女は空になった皿を満足そうに眺め、それから兄に向かって顔をしかめた。「急いで、サイモン。早く食べて、リーサおばさんの恋人が来るのを窓から眺めましょう」

「顔はきれい？」イングリッドがいつもの習慣で尋ねると、子供たちから元気のいい返事が戻ってきた。それから彼女は食器をシンクに運んでいたリーサにささやいた。「じゃあ、あなたも行っていらっしゃい。ここはいいから」

「なんのために？」

「あの子たちをうまくあしらって、けんかをさせないためよ。サイモンはすぐに威張って、妹なんかお荷物で我慢ならないなんて言いだすんだから。妹でなく弟だったら、いくらでも一緒に遊べるのにって。実のところ、メリッサが兄を喜ばせようとおてんばぶりを発揮すればするほど、サイモンは妹をけなすの」

「それも成長の一過程よ。あと数年もしたら、きっと得意になって妹を見せびらかすわ」

リーサが指摘すると、イングリッドはかすかに顔をしかめた。

「その数年を、うまくやり過ごすこつは？」

「義姉《ねえ》さんなら大丈夫」リーサは請け合った。実際、イングリッドなら問題ないだろう。

「テーブルを用意しましょうか？」

「ええ、お願い。こっちもなんとか準備完了よ。まったく、電子レンジさまさまだわ」

ジェームズが帰宅し、子供たちの熱狂をもって迎えられた。シャワーを浴びて服を着替えたのち、彼は飲み物の棚へ向かい、ゲストの到着に備えた。

七時ちょうどに強力なヘッドライトが私道を照らし、子供たちの歓声があがった。リックが到着したのだ。そのとたん、リーサは胃が引きつるのを感じた。彼が家に入り、ほどなく居間に入ってくるころには、胃は本格的に痛みだしていた。

コートを脱いでビジネススーツ姿になった彼は、恐ろしくなるほどの威圧感があった。彼はイングリッドとリーサに温かな笑みを向け、子供たちが紹介される間、悠然とその場に立っていた。

「リーサおばさんにキスをしないの？」メリッサが残念そうに尋ねた。

「いま、しようと思っていたところだよ」彼は愛想よく答え、リーサに近づいた。

リーサは身を硬くして立ち、口もとにぎこちない笑みを浮かべた。彼の唇が触れた瞬間、彼女は怒りを抑えて目を閉じた。

「ウイスキーでいいかな、リック？」ジェームズがもったいぶった口調で尋ね、ボトルがずらりと並んだ棚のほうへ向かった。「女性陣は？」

「ミネラルウォーターでいいわ」リーサは静かに答えた。「食事のときにワインをいただくから」

「私も同じく」イングリッドは笑みを浮かべ、子供たちを振り返った。「おやすみのご挨拶をしなさい。食事がすんだら、私も二階へ上がってあなたたちを寝かせるから」

最初にメリッサが従い、父親よりも頭ひとつ分背の高い男性に向かって、小さな顔を上げた。「リーサおばさんと結婚するんだから、リックおじさんって呼んでもかまわない？」

リックの口もとに大きな笑みが広がった。「もちろんだよ」続いて彼は、サイモンが差し出した手を、力をこめて握った。「おやすみ」

子供たちは〝おじさん〟ができることに興奮し、その場を去るまでにさらに数分を要した。

イングリッドは客を熱心にもてなし、買い物はどうだったかというリックの質問にも、リーサの分まで愛想よく答えた。リーサが何かを手伝おうとしても、イングリッドはそのたびに体よく断った。

料理はすばらしかったが、リーサが実際に口に運ぶと、なぜか味気なかった。リックとジェームズは、ずっとビジネスの話をしている。ジェームズは明らかにリックを尊敬しているらしく、ときおりそれが態度にも表れ、リーサの神経を逆なでした。

「何日か旅行にも出かけるの？」

イングリッドの質問が耳に届き、リーサはっとリックの顔を見た。すると、彼はおもしろがるような表情を見せた。

「土曜日に、飛行機でタウンズビルへ行く予定なんだ。マグネティック島で週末を過ごそうと思って」

リーサはむせそうになり、慌ててワイングラスに手を伸ばした。彼とハネムーンに出かけることを思うと、恐ろしいほどの不安がこみあげる。ましてや夜のことは、考える気にもなれない。

続く時間をリーサはなんとかやり過ごし、二時間が経過したところで、先に帰ると告げた。

「家まで送っていくよ」

殴りたい気持ちをぐっとこらえ、リーサはかすかな笑みで応じた。「あなたは、もっといてかまわないのよ。私は自分の車があるし」

彼はリーサの手を取り、ゆっくりと口もとに運んだ。それからたっぷりと時間をかけて、ひとつひとつの指にキスをした。「そんなのはばかげているよ、ダーリン。もちろん家まで送るとも」彼の目がきらりと光り、ひそかに警告を発した。それから彼は、イングリッドとジェームズに向かって言った。「というわけで、失礼してもかまわないかな？」

「当然だわ」イングリッドがささやき、リーサに愛情のこもったまなざしを向けた。「明日は九時ごろに迎えに行くわ」

リーサはかすかに目を見開き、叫びだしたい衝動を抑えこんだ。「支度をするのに、丸一日は必要ないわ」

「何ばかなことを言っているの。結婚式の当日に、あなたをひとりにするつもりはありませんからね。あなただってそう思うでしょう、リック?」イングリッドは尋ね、彼の同意を得て、満足そうにほほ笑んだ。

それから五分後、フェラーリが私道を出ると同時に、リーサは口を開いた。「私が逃げ出すんじゃないかと心配なの?」

「そんなことは考えていない」

リックの横柄な口調に怒りをあおられ、リーサは食ってかかった。「私は逃げたくてたまらないわ。どんなにそう思っているか、あなたにわかるものですか!」

「だが、君は逃げない」リックは落ち着き払って答え、まっすぐに彼女を見た。

「教えてもらえないかしら?」リーサは皮肉たっぷりに促した。「どうしてわざわざハネムーンに出かけるのか」

「それが常識だから」

「あなたが常識を気にするなんて、とても信じられないわ」リーサは憎々しげに指摘した。

「どこへも行かず、ただ家にいることはできないの?」

リックはみごとなハンドルさばきで、混雑した交差点をあっさり通り抜けた。「できない。すでに手配してある」

「キャンセルすればいいでしょう。私は行かないわよ」

「いや、むろん君も行く」リックは穏やかに主張した。「気が進まずとも尊厳を持って自分の足で行くか、僕の肩にかつがれて行くかは、君の自由だが」

走行中にもかかわらず、リーサはドアの取っ手に手をかけた。だがあいにく、オートロックだ。「最低」怒りの涙がこみあげる。「あなたなんか悪魔のいけにえになればいいんだわ」

彼女は怒りに黙したまま、その後はもう何を見るでもなく、ただまっすぐ前を向いていた。

アパートメントに着くと、リックは前日同様、彼女の部屋の前までついてきた。リーサは抗議する気持ちも起こらなかった。

「おやすみなさい」彼女はリックの顎のあたりを見ながら、ぎこちなく告げた。

「じゃあ、明日」リックは答え、それから、からかうようにそっと言い添えた。「よい夢を」

リーサの返したまなざしに、ほかの男性ならひるんだことだろう。けれどもリックは軽く首をかしげただけで、何食わぬ顔で廊下を横切ってエレベーターホールに向かった。

5

翌日は一日じゅう雨が降り続き、強風が吹き荒れた。リーサはひそかに、自分たちの婚礼の日にはぴったりだと思った。

登記所での式はあっけなく終わり、たったあれだけの言葉で自分の人生が変わるとは、とても信じられない気がした。

いまや夫となった男性はますます、自分の手には負えない、遠くかけ離れた存在に感じられる。非の打ちどころのない黒のビジネススーツに身を包んだ姿は、自分の結婚式というより、取締役会にでも出席するようだ。

リックの家に集まった少数の招待客により、いま、新郎新婦の健康と幸福を祝して最後の乾杯が終わったところだった。

ジェームズがイングリッドに合図を送り、いとまを告げに来た。リーサは帰らないでと叫びたかったが、無言の願いは顧みられることなく、兄夫婦の退出に続いて、残りの客も帰っていった。そしてとうとう、恐ろしげな夫ひとりを残し、部屋には誰もいなくなった。

「もう一杯、いただけないかしら」リーサの口から言葉が勝手にこぼれ出た。

「もう充分だと思うが？」リックは戒めの口調で指摘した。

リーサは長いまつげの下から、探るようにリックを見上げた。「さっそく厳格な夫を演じるの、ダーリン？」

「食事のとき、ほとんど何も食べていなかっただろう」リックは冷ややかに返した。「イングリッドが心配していた。結婚することで神経が高ぶって、朝食はトースト一枚も食べず、昼食もりんごとコーヒーしかとっていないと」彼は一方の眉をつり上げた。「君の……不安はわかるが、僕たちの結婚が名実ともに成立しようというときに、もうろうとした頭でいられては困る」

「あら残念。私はアルコールのもやに包まれていたいと思っているのに」

「男性を知らないわけでもあるまいに」

リーサは声をたてて笑った。「なるほど、女性はみんな、身を投げ出してあなたの歓心を買うのね」彼を刺激すれば危険だとわかっていたが、そういうことを気にする段階は過ぎていた。彼女は唇を湿し、まばゆいばかりの笑みを浮かべた。「期待しているわ、ダーリン」彼女は不意にめまいを覚え、用心深く手近な椅子に腰を下ろした。

「そろそろ休んだほうがいいんじゃないか、ベッドで？」リックがからかい半分に促した。

リーサはゆっくりとかぶりを振った。「だめよ」

「どうして？」

彼女は顔を上げた。なぜかリックが急に近くに見える。「あなたも来るに決まっているからよ」

「そんなにいやかい？」

いつの間にか、彼は隣に座っていた。近くで眺めるうちに、リーサはいくつかの点に気づいた。おもしろがるような輝きを帯びた濃い茶色の目。皮肉な笑みを浮かべたセクシーな口もと。その気になれば、手を伸ばして触れることもできる。

「コーヒーが欲しいわ」リーサはつぶやくように言い、一瞬、目を閉じた。体の内側に奇妙なうずきが広がっていく。「それに、サンドイッチも。シャンパンはもうたくさん」

リックは立ち上がった。「キッチンへ行って、食べるものを用意してくるよ」

彼が部屋を出ると、リーサはほっとして椅子の背にもたれた。この数日間の出来事に、飲み過ぎたシャンパンの作用が加わり、ほどなくまぶたが下りた。

夢の中で、リーサは流れるようなサテンとチュールの花嫁衣装に身を包んでいた。その姿で長い通路を祭壇へ向かって歩いていくのだが、彼女が足を踏み出すたびに、祭壇はどんどん遠のいていく。前方に二人の男性の後ろ姿が見えた。ひとりは背の高い黒髪の男性で、もうひとりは頭ひとつ分背の低い、ウェーブのかかった金髪の男性。どちらも黒のスーツを着ている。彼女は懸命に歩を速め、ようやく二人に追いついた。しかし、ほっとしたのもつかの間、黒髪の男性が振り返って彼女の手を取るや、リーサは恐怖に凍りついた。違う。この人ではない。式をやめさせなければ。

「リーサ、起きるんだ」

声が聞こえた。夢にしては、ひどく現実味を帯びている。はっと目を開くと、そこには空想の産物にすぎないと思っていた男性の顔があった。続いてすべてがよみがえり、そのばかばかしさに、彼女は大声でわめきたい気分だった。

「サラがサンドイッチを作ってくれたよ」リックは言い、近くのテーブルを目で示した。「それに、コーヒーも」

リーサはカップとソーサーを受け取り、もごもごと礼を述べて、香りのいいコーヒーをゆっくりと味わった。生き返る心地がした。空腹の自覚はなかったのに、サンドイッチを二個たいらげ、コーヒーも全部飲んだ。

「明日は何時に出かけるの？」完全に目が覚めたいま、リーサはなんとしても時間を引き延ばしたかった。二階へ上がる時間と、続くベッドの時間を。

「ヤニスが七時に空港まで送ってくれることになっている」リックは落ち着いた口調で答え、彼女の隣に座った。

リーサはとまどい、三つ目のサンドイッチに手を伸ばした。「みんな帰ってしまったわね。お開きにするには早すぎると思わない？」

「もう十一時過ぎだ」その声には、あざけりに加え、おもしろがるような響きが感じられる。「気をきかせてくれたんだ。僕たちが早く二人きりになりたいだろうと察して」

「事実はまったく逆なのに」うっかり口にしたあとで、彼女は自分の舌を呪《のろ》いたくなった。

「コーヒーのおかわりは？」

リーサは伏せたまつげの下から、ちらりと彼をうかがった。「私をしらふに戻そうというわけ？」

「時間稼ぎの手段を提供しているんだよ」嫌みをこめて指摘され、リーサは殴りかかりたくなったが、やっとの思いでその衝動を抑えた。

「でも正直、疲れたわ」彼女は立ち上がり、リックを振り返った。「二階へ上がって、勝手にそれらしい部屋に入ればいいのかしら。それとも、あなたが案内してくれるの？」

「当然だ」リックは余裕たっぷりに答え、自分も立ち上がった。彼は妻の腕を取り、ドアへ向かって歩きだした。

私はきっと、頭がどうにかなってしまったんだわ。階段をのぼりながらリーサは思った。性の喜びからは、およそかけ離れた心境なのに、どういうわけか喉もとに笑いがこみあげる。いまの時代には珍しいほど、彼女の理想と道徳観は古風だ。そうでなければ、夫とベッドをともにすることを思うだけで、こんなにびくびくしたりはしないだろう。そうよ、少なくともリックは夫。大丈夫、横になって目を閉じていれば、そのうち終わるわ。

た。

　とはいえ、リックに愛されることを考えただけで彼女の意志はくじけ、膝から力が抜けた。

　広々とした部屋を目にした瞬間、視線はおのずと大きなベッドに引き寄せられた。自分が罠《わな》にかかった小動物になった気がする。我が身をこのような状況に追いこんでしまった愚かさを、笑えばいいのか、泣けばいいのかもわからない。

「シャワーを浴びたいわ」苦しい引き延ばし作戦にすぎないが、それでも五分か十分の足しにはなるだろう。

「もちろんかまわないとも」リックはなめらかに答え、左手のドアを示した。「衣装部屋を含め、君用のバスルームはそこにある」

「あなた用のもあるの？」

　リーサが口を滑らすと、彼はいかにも愉快そうに妻を見た。

「ほっとしたかい？」

　リーサは無造作に肩をすくめ、何も言わずに衣装部屋に入ってドアを閉めた。

　鍵《かぎ》は見当たらなかった。ざっと見たところ、バスルームにも鍵はなさそうだ。騒ぐほどのことではないわ。リーサは皮肉な気分で結論づけた。あの悪魔のような夫に、自分の家のバスルームに鍵をつけようなどという発想があるわけがない。

　ゆっくりと、彼女は鏡張りのワードローブに目を向けた。好奇心に駆られて扉を開けると、すでに自分の服がきちんとハンガーに下げられている。バスルームは普通の家の寝室くらいの広さがあり、美しいタイルが敷きつめられて、ところどころに鏡が使われていた。シャワースペースも広く、大理石でできた楕円形《だえん》の浴槽には、ジェットバス機能がついているようだ。

一瞬、ジェットバスにつかろうかとも思ったが、やはりシャワーですませることにした。時間をかけすぎては、妻に誘われているものと誤解し、リックが入ってきてしまうかもしれない。

大急ぎでシャワーを浴び、服を着替えたのち、リーサは長い髪を二本の三つ編みに編んだ。さあ、戦いの覚悟はできたわ。

指でそっと触れただけで、ドアは大きく開いた。リーサは深呼吸をして気持ちを落ち着かせ、寝室へと足を踏み出した。無意識のうちに部屋を見渡す。すると、暗くなった照明とめくれたベッドカバー、そして、枕《まくら》にもたれて座っている男性の姿が目に入った。

「ようやくお出ましだな」彼女の全身を眺めながら、リックはおもしろがるように言った。

「もう少しで、おぼれたんじゃないかと思って見に行くところだったよ」

「それはよかったわ」リーサは彼の視線を避け、壁灯を見ながら応じた。彼のくつろいだ様子が癇《かん》に障った。ベッドには読みさしの本まで置いてある。そうよね。彼にしてみれば、女性なんて過去に腐るほどいたはずだもの。

「ひと晩じゅう、そこに立っているつもりかい？」

視線をリックに向けたとたん、発達した胸の筋肉が目に入り、リーサの胃はひっくり返りそうになった。たくましい肩はみごとに日に焼け、信じられないほど男らしい。

「あなただって、私が積極的になるのを期待しているわけではないでしょう」平静を装いつつも、耳もとでは鼓動が大きく鳴り響いている。

「いまさら緊張しているようにみせても、しかたがないと思うが」リックは冷ややかに指摘し、かすかに目を細めて彼女の様子を観察した。

「そうね」リーサはぼんやりと答えたが、どうしても足が前に進まない。

「僕にそこまで迎えに行かせるつもりか？」

初めてモデルの仕事をしたときでさえ、こんなに緊張しなかった。リーサは必死に気持ちを落ち着かせた。残された道は二つにひとつ。ベッドに入り、黙って耐えるか。あるいは、きびすを返して逃げ出すか。頭は前者を選べと命じているが、本能は後者を選択するよう叫んでいる。

「人が見たら、僕がこれから君を処刑するものと思うだろうな」

「そのほうがまだましかも」リーサはうつろに返した。

するとと突然、リックがベッドを抜け出した。彼が何も着ていないことに気づき、リーサは慌てて目をつぶった。

「いいかげんに子供じみたまねはやめないか!」嚙《か》みつくように言うなり、リックは彼女の肩をつかんだ。

リーサは怒りに駆られて目を開け、顎をぐいと上げた。「それがあなたの望みなの? でも私は、笑みを浮かべて男性を誘うなんてできないし、あなたのことを好きなふりもできないの」

「そんなことを求めているわけではない」リックは冷静に応じた。

考えるより先に、リーサの口から言葉が勝手に飛び出した。「そうでしょうね。私は単なる快楽の対象であって、私の気持ちなんてどうでもいいんでしょうから!」

リックが浮かべた笑みにはユーモアのかけらもなかった。「まるで世間知らずの小娘だな。君に少しでも理性があるなら、僕の忍耐が切れる前に、そういう見えすいた芝居はやめることだ」

「いまの私に理性なんてあるものですか」リーサはヒステリックに叫んだ。「そんなものが少しでもあれば、こんなばかげた状況に身を置いてなんかいないわ」

肩をつかむリックの手に力がこもった。

「痛いわ。放して!」

「たとえ相手が聖人でも、君はそうやって忍耐を試すんだろうな」危険を帯びた声でつぶやいたかと思うと、リックはリーサの抵抗を無視し、いとも簡単に彼女を引き寄せた。残酷に唇が重ねられ、彼女の唇を無理やり押し開く。

ショックのあまり、リーサは凍りついた。身じろぎもできない。自分の愚かさに腹が立つとともに、大声でわめきたかった。なんて軽率なまねをしたのだろう。リックをここまで怒らせるなんて。私が感情を抑えていれば、彼だって少しは思いやってくれたかもしれないのに。

リックがようやく顔を上げたときには、リーサは倒れないよう、彼にしがみついていなければならなかった。

妻のほっそりした体に、リックはゆっくりと称賛のまなざしを注いだ。「これはねまきのつもりか?」彼は尋ね、ストライプのナイトシャツの襟もとを指でなぞった。

低い声はしだいに誘惑のささやきと化し、リーサの感情に奇妙な作用をもたらした。彼女がなおも黙っていると、リックは彼女の顎に親指を当て、顔を大きく上向かせた。

「髪はなぜ三つ編みに?」

「そうしないと、おそろしくもつれるからよ」

リックはゆっくりと、髪に結んであるリボンを外した。ほどかれた三つ編みに何度も指を通すうちに、やがて髪は輝くシルクの束となり、リーサの肩に流れ落ちた。「このほうがいい」

うなじにリックの手を感じた次の瞬間には、彼の顔が近づいてきて、からかうように唇をそっと触れ合わせた。もはや逃れることはできなかった。リーサはゆっくりと目を閉じ、彼の悪魔のような顔を視界から締めだした。かくしてリーサは甘い誘惑のえじきとなった。巧みな誘いに導かれて、体じゅうの神経が目を覚まし、やがてひとつのリズムを刻みながら全身が大きくうずき始めた。

宙を漂う感覚の中、柔らかなベッドのぬくもりを背中に感じるまで、リーサは自分がどこにいるのかもわからなかった。つぶやきとも抵抗ともつかない声をあげ、彼女は起き上がろうともがいた。「やめて……お願い！」

「ここまで許しておいて、やめろと言うのか？」リックの口調は信じられないと言わんばかりだった。

「こんなふうになるつもりはなかったのよ」

「いまさらあと戻りなどできるものか」リックは有無を言わさぬ口調で告げ、彼女を軽々とベッドに押さえつけた。

リーサは恐怖に駆られ、激しく抵抗した。「放して！」

リックの顔を冷たい怒りがよぎり、彼は全身で彼女の体を押さえこんだ。リーサはパニックに襲われ、こぶしを握りしめてところかまわず彼を殴りつけた。

「芝居を打つには少々遅すぎる」

リックはまず、リーサの一方の手を、続いてもう一方の手をつかみ、それから両方の手を合わせ持って、彼女の頭上で固定した。

リックの顔が間近に迫り、黒い目に映った冷たい怒りがはっきりと見える。暴れたせいでリーサの息は荒く、胸が大きく上下していた。悔しいことに涙がこみあげ、彼女は慌てて目をしばたたいた。これ以上の屈辱はできれば避けたい。

「まったく、なんだってわざわざ自分を追いこむようなまねを」

あきれたような口調で言われ、リーサは意固地に言い返した。「悪いけれど、どうしてもあなたに身を任せる気になれないの」

「もうすぐなるさ」

あっさり言われ、リーサはすぐに反論した。「とんでもなく自信過剰な人ね」

「いや、女性経験が豊富なだけだ」

「きっとその中に、抵抗を試みた相手はいなかったのね」

リックの口もとに皮肉の笑みが浮かんだ。「君はずいぶん口やかましいタイプのようだな、リーサ・アンドレアス」彼は穏やかに指摘した。「ぜひ君をすすり泣かせたいものだ。僕しか与えてやれない喜悦の瞬間を、乞《こ》わさせてやりたいよ」

リーサの目が憎悪の火花を散らした。「この野蛮人！」

「それはまた、ずいぶんなお褒めの言葉をありがとう」

「こんなことをしても、ますますあなたを嫌いになるだけよ」激しく言い返したとたん、リーサは彼の仮面のような表情に気づいた。

「どのみち、すでに嫌っているんだろう？　大して変わりはないさ」

そう言うなり、リックは彼女の唇を奪った。無条件の降伏を求める非情なキスに、リーサは息を奪われた。それでも足りずに、彼の唇は激しく脈打つ彼女の喉もとへ、さらに、柔らかな胸のふくらみへと移っていく。官能の武器と化した彼の舌が敏感になった胸の頂を交互にからかい、キスをする。そして柔らかな肌に歯が立てられた瞬間、すさまじい勢いで快感の矢に射抜かれ、彼女は思わず声をあげた。

こんなふうに感じるなんて、正気の沙汰《さた》ではない。そう思いつつも、子犬の鳴くような声をもらし、彼女の体を下へと伝う手によって、みるみる欲望の熱に浮かされていく。彼の手は飽くことを知らず、やがてリーサの頬を、悔しさがもたらす熱い涙が伝い落ちた。続いてリックの唇が、手による愛撫《あいぶ》と同じ道をたどり始めたとき、リーサはあらん限りの声をあげ、彼の頭をつかんでやめさせようとした。そのあとはもう、自分が何を口走ったのかさえわからない。悩ましいあえぎ声が自分の声であることにも気づかなかった。

不意に痛みが駆け抜け、リーサはショックの叫び声をあげた。彼の動きが止まり、呪いの言葉を吐くのが聞こえる。続いて彼の唇が、震えている彼女の唇を優しくなだめた。そうして痛みがおさまったころ、彼は再び体を動かし始めた。リーサの抗議のささやきはいつしかしずめられ、気づいたときには、体の奥のうずきが恐ろしい勢いで拡散していた。

ふくれあがった快感はついに爆発を引き起こし、無数の官能の波となってリーサの全身を揺るがした。そのただ中で、彼女は確かな支えを求め、ひたすら彼の肩にしがみついていた。

いつしか眠ってしまったらしい。目覚めたときには周囲は暗く、リーサはえもいわれぬ幸福感の中で思った。私はアパートメントのベッドでひとりで寝ているのだ、と。意識の隅を漂う陶然としたイメージは夢に違いない。

だが、それにしては腰のあたりに誰かの腕の重みを感じるし、たくましい胸のぬくもりに包まれている気がする。ほどなく目を覚ましたリックの腕に力がこもり、とっさに離れようとした彼女を阻んだ。

「お願い……バスルームへ行かせて」彼が放してくれることを祈りつつ、リーサは震える声でささやいた。

「わかったよ、逃げるがいい」リックはあっさり告げた。「今回だけは許そう」

バスルームに入ってドアを閉めたところで、リーサはほっとため息をついた。

彼女は浴槽に湯を張り、ジェットバスのスイッチを入れた。泡立つ湯が手足の痛みをほぐしてくれる。髪を頭の上にまとめ、浴槽にもたれて、リーサは目を閉じた。願わくは、この数時間の出来事を心から締めだしてしまいたい。

どれくらいそうしていたのか、自分でもわからない。視界の隅で動く人影に気づいたとき、リーサはもう少しで悲鳴をあげるところだった。

「ひと晩じゅう、そこにいるつもりかい？」リックが戸口から冷ややかに尋ねた。タオルを腰に巻いただけの姿がなまめかしい。

「いま出ようと思っていたところよ。少しくらいプライバシーを認めてくれてもいいでしょう」リーサは憤然として訴えた。

「僕と一緒に入りたいのでなければ、早く上がるんだな」

「自分のバスルームを使えば？　それとも単に、私にもっと気まずい思いをさせたいだけ？」

「僕たちは夫婦なんだよ、リーサ」リックは敢然と宣言した。「夫として、バスルームに限らず、僕の立ち入りを拒むことは認めない」

一瞬、リーサの目に怒りの炎がともったが、彼女は目を伏せてそれを隠した。「じゃあ、あなたがシャワーを浴びているときに私が入りこんでも、文句はないのね？」

彼女の必死のあてこすりはみじめな失敗に終わり、リックは低い声を響かせてくすくす笑った。

「そのときは間違いなく、一緒にどうぞと誘うだろうね」

リーサはとっさに手もとのスポンジを投げつけた。スポンジが彼の胸に命中するのを見て、彼女はいくらか満足した。

「なるほど、僕と遊びたいわけか」思わせぶりな口調で言いながら、リックは彼女に近づいた。

「やめて！」

次の瞬間には、彼女はあっさり浴槽から引き上げられ、リックの前に立っていた。彼女はとっさに一方の腕で胸を覆い、もう一方の手で彼の胸を強く押した。

「この悪魔！」怒りに任せてわめきながら、リーサは彼の肩と胸を殴りつけ、さらに顎にパンチを見舞おうとした。

リックは悪態の言葉を吐きながら、あっけないほど簡単に彼女の両手をつかまえた。

「まだ懲りないのか？」

「何よ、あなたなんか！」

一瞬、リーサはぶたれると思った。しかしリックは彼女を乱暴に引き寄せるなり、痛いほど強く唇を押し当てた。それが教訓をこめた罰だとしたら、みごとな成功を収めた。永遠とも思われる長い時間、リーサはひたすら現実からの逃避を願ったが、リックは敏感な唇を容赦なく奪ったあげく、嫌悪もあらわに体を離した。

リックは目を細くして、自分の残忍な行為の結果を確認した。リーサの目には涙がたまり、体には彼の情熱を物語るかすかなあざが残っている。小さく悪態をつくなり、彼は手にしたタオルで彼女のほっそりした体を包んだ。そして奇妙なほど優しい手つきで妻の体をふき終えると、衣装部屋からナイトガウンを持ってきて、頭からかぶせた。

リーサは彼の顔をまともに見ることができなかった。そうやって彼に世話を焼かれる間、ずっと目を伏せていた。身も心もぼろぼろで、彼に抱き上げられ、寝室へ運ばれる間も、抵抗する気力はかけらも残っていなかった。リックは彼女をベッドに横たえると、上掛けを引き上げ、反対側へまわって、自分も隣に潜りこんだ。

しばしの間、リーサは彼の手が伸びてくるのではないかと身を硬くしていたが、やがてゆっくりと夢のない眠りへと落ちていった。

6

翌日の午後、クイーンズランド北部にあるタウンズビル空港に降り立つと、たちまち熱帯の空気に包まれ、リーサは肌が熱くなるのを感じた。空港のラウンジに向かう間、リックはずっと彼女の肘をつかんでいた。

彼は二人分の荷物を軽々と運び、ホテルへ向かうべくタクシーの手配をした。

椰子《やし》やたこの木が延々と続く並木道の両側には、近代的なビルと古い木造建築が競い合うように並び立っている。住宅街に入ると、色鮮やかな灌木《かんぼく》や壁を伝う蔓《つる》性の植物がリーサの目を楽しませた。

ホテルは街の中心からそう遠くない場所にあり、チェックインをすませて部屋に入ったのち、リックはラウンジで喉を潤そうと彼女を誘った。

「どうぞ、あなたおひとりで」リーサはにべもなく断った。「私はシャワーを浴びて、一時間ほど休むわ」

リックは部屋の反対側から近づいてくるなり、彼女の顎を上向かせて視線を合わせた。

「まるで顔全体が目のようだ」リーサの目を縁どる黒い隈《くま》を、彼は指でそっとなぞった。

「ゆうべはあまり眠れなかったから」うっかり口にしたとたん、頬にうっすらと赤みが差し、彼女は悔しくなった。

「君もか」リックはにやりとした。「ともかく、君は休むといい。僕も一時間ほどで戻る」

ひとりになれると思い、リーサは計り知れないほどほっとした。リックが出ていったのち、彼女はたっぷりと時間をかけてシャワーを浴び、なめらかなシルクのローブに着替えてベッドに横たわった。

リックの圧倒的な存在感から解放され、夢のようだ。彼のイメージを締めだしたくて、リーサは目を閉じた。胸の奥のうずくような痛みを、どうか眠りが和らげてくれますように……。

リーサはジェームズを呪《のろ》いたかった。兄の経営の失敗を、悪化を続ける経済環境を、そして何より、それらの状況を利用して彼女をこの結婚に追いこんだ傲慢《ごうまん》きわまりない悪魔さながらの男性を呪いたかった。

五年……。どうやって耐えろというの？　二十四時間とたたないいまでさえ、身も心もぼろぼろだというのに。しかもリックは、気分しだいでいくらでも私を抱くつもりでいる。

それで、五年後に解放されたとして、私はいったいどうなるのだろう。ほかの男性と向き合うことができるのかしら？　その男性を愛し、生活をともにすることが。世間知らずの私でも、リック・アンドレアスに匹敵する男性がそうそういるものではないことくらいわかる……。

やがてリーサは眠りに落ち、目を覚ましたときには、部屋は闇《やみ》に包まれていた。気温が下がって涼しくなり、窓辺のカーテンが風でかすかに揺れている。時計を見ると、七時をまわっていた。リーサはベッドの端に座って足を下ろし、明かりのスイッチに手を伸ばした。

そのとき近くの椅子に座るリックの姿が目に入り、彼女は息をのんだ。腹立たしいことに、彼の目には愉快そうな表情が宿っている。

「いつからそこにいたの？」

「一時間以上、前から。起こすのはかわいそうな気がしてね」

熱のこもったまなざしで見つめられ、リーサは慌てて視線をそらした。「レストランへ行くには、もう遅すぎる？」

リックの目がきらりと光った。「ルームサービスなら、何時でも頼める」

その言葉は、リーサが極力避けたいと願っていることを意識させた。「散歩がてら、外に出てレストランを探すという手もあるわ」彼女はベッドを離れ、着替えを詰めたかばんのほうへ歩いていった。

「ここで二人きりで食事をするのは怖いのか？」リックは、服を持ってバスルームへ向かう彼女を呼び止めた。「どこへ行く？」

「着替えるのよ」

「ゆうべのあとでも、まだそんなに恥ずかしいのかい？」

リーサは憤然として向き直った。「女性の着替えを眺めるのがあなたの趣味なの？　悪いけれど、ご期待には沿えないわ」

「リーサ」リックは引き下がらなかった。「警告しておくが――」

「私も警告しておくわ」リーサは遮った。「私は、男はいつでも偉いと思っているような暴君の言いなりにはなりませんから。あなたは自分にはその権利があると思っているんでしょうが、私にだって権利はあるのよ。あなたの気まぐれにいちいちつき合うなんてまっぴら」リーサは息を吸い、気持ちをしずめた。「というわけで、失礼。着替えてくるわ」

むなしい勝利にすぎないことは自分でもわかっていた。リーサは着替えて髪を直し、化粧を終えた。寝室に戻ると、窓辺に立っているリックの長いシルエットが目に入った。

リーサが部屋の中ほどに差しかかったところで、彼は振り返った。その表情は読めない。

「ここから数ブロック先のレストランに予約を入れた。準備ができたら出かけよう」

食事はすばらしかったが、リーサは申し訳程度につついただけだった。デザートは断り、代わりにチーズとコーヒーを頼んだ。

「踊ろうか？」

テーブルの向かいに目をやると、リックが陰りを帯びたまなざしで見ている。へたな会話を試みるよりは、踊るほうがましかもしれない。それに、ホテルに戻るよりも。リーサは軽くうなずき、立ち上がった。リックにいざなわれ、小さなダンスフロアへと向かう。

リックの手は一見、軽く添えられているようでいて、実際にはしっかりと彼女をつかんでいた。リーサは、もっと寄り添いたいという奇妙な感覚にとらわれた。脈が速くなり、興奮が体を駆けめぐる。とてもまともとは思えない。私は彼を憎んでいるのよ。彼のすべてを。なのにどうして、まったく逆のほうに気持ちが揺れるの？

「いやに静かだな」リックの声にはかすかな皮肉がまじっていた。

「あなたが形ばかりの会話を求めるとは思わなかったわ」リーサは顔を上げ、平静を装った。「話題を指定してくれれば、私の乏しい知識の範囲内で応《こた》えるわ」

「ばかばかしい。黙って休戦としようか」

「黙るのはかまわないけれど、休戦なんて、いつまでもつかしら」

「君は、僕を嫌おうと心に決めているのか？」

「ほかに決めようがあるとでも？」リーサは言い返し、ふと彼の目の輝きに気づいた。そこにはひそかな情熱が潜んでいる。彼女は急に恐ろしくなった。一方で奇妙な興奮も感じる。リーサは途方に暮れた。私はいったい、どうすればいいの？

「ホテルに戻ろうか?」そのささやきには、彼女の葛藤《かっとう》を見透かすような残忍さがこもっていた。

リーサは小さく肩をすくめた。「あなたがそうしたいのなら」

「君はどうしたい?」

リーサは微妙に視線をずらした。「私を甘やかしてくれるの? それとも口先だけ?」

「試してごらん」

彼女は小首をかしげた。「海辺を散歩したいわ。風に吹かれながら砂浜をはだしで歩いて、指の間で波が渦巻くのを感じたい」彼女はかすかな笑みを浮かべた。「贅沢《ぜいたく》な望みかしら?」

リックの黒い瞳がきらりと光り、口もとに笑みが宿った。「もちろん、ひとりで行かせるわけにはいかないが」

リーサはとっさに彼の身なりに目を向けた。完璧《かんぺき》な仕立てのジャケットとズボンに、ハンドメイドの靴。「冗談でしょう?」

彼はばかにしたように一方の眉を上げた。「僕を疑うのかい?」

「あなたが散歩しながら会話に興じるタイプだとは思えないもの」

彼の顔をいたずらっぽい表情がよぎった。「君が僕のことを知っているとも思えないが」

「そうだったわね」リーサがむなしく答えると、彼の腕に力がこもった。そのあとリックは腕を離し、彼女を席へいざなった。

店を出て十分ほど歩いたところで、二人は道路を渡り、公園に入った。リーサはサンダルを脱いで片手にぶらさげ、芝生のへりに沿ってはだしで歩いた。

「あいにく砂浜はないんだ」リックが言った。「ずっと先に行けばあるんだろうが、このあたりは護岸壁しかない」

「いいのよ」リーサは軽く受け流した。

「君は田舎派なんだな」リックはつぶやき、彼女の肩に腕をまわした。

リーサは暗い海に目をやり、波の向こうの水平線を眺めた。「どうしてそう思うの？」

「華やかな都会の明かりより、シンプルな喜びを選ぶから」

「モデルのイメージにそぐわない？」リーサは真顔できいた。「私たちだって人間よ」

「まあ、そうだろうな」リックは冷ややかに返した。

リーサは立ち止まった。リックの冷淡な応対が胸を突き刺す。「帰りましょう」

いつになく友好的なムードに、リーサは急に嫌気が差した。薄氷の上を滑っているようで、いつなんどき割れないとも限らない。そんな事態になれば、私はリックを好きになってしまうかもしれない。それよりは、彼を嫌い、腹を立てているほうが安全だ。

「まだ夜空について語り合ってもいないのに？」リックは物憂げに言い、リーサの顎に手をかけて顔を上向かせた。「黒いベルベットにダイヤモンドをちりばめたようだ。広大で、漠としている」

「ずいぶん詩的ね」リーサはそっけなく返した。月を包む不思議な光にも似た、彼女を包みこむ魔法が意識されてならない。こうして彼と二人きりでいると、気持ちを支配する本能の力を信じてしまいそうだ。そして、そのあらがいがたい力に身をゆだねたくなる。

顔がひとりでに上を向き、二人の唇が重なった瞬間、無言のため息とともにリーサは唇を開いた。彼が初めて示したその優しいしぐさに、彼女は官能の海でおぼれかけた。

リックが顔を上げたとき、リーサはぼうっとして、動くこともままならなかった。

「帰ろうか」

そのひと言で、二人は現実に返った。彼が肩に腕をまわし、通りへ戻り始めたときにも、リーサは抵抗を示さなかった。

ホテルの部屋に戻ると、リックは小さな冷蔵庫へ向かった。「何か飲むかい？」

「できれば、冷たいカクテルでも。フルーツジュースはあるかしら？」

「シャンパンで割ろうか？」

「シャンパンもあるの？」

彼女の驚きをおもしろがるかのようにリックは答えた。「あるよ。ミモザもまぜようか？」

「いいわね」リーサは軽く答え、テレビのスイッチを入れた。なんでもいいから、注意をそらしてくれるものが欲しい。手持ちぶさたでいるのは危険だ。

リックがそばに来て、彼女にグラスを渡した。

「僕たちに、乾杯」

彼の視線を感じて目を伏せたまま、リーサはゆっくりとグラスを傾けた。「明日のフェリーは何時に出るの？」何か言わなければならない気がして、彼女は尋ねた。

「たしか十時だったと思う」

「そこには何日くらいいるの？」

「二日間だ。火曜日には仕事でメルボルンへ行くからね」

彼がグラスの中身を飲み干す姿に、リーサはぼんやりと見とれた。

「君も僕から離れ、中休みがとれるわけだ」リックは穏やかに指摘した。「楽しみだろう？」

「そうね」彼女は素直に認めた。「どれくらい、行っているの？」

「二、三日。最高でも、四日間。もちろん、その気があるなら、君も一緒に行っていいんだよ」

「遠慮するわ」リーサは甘い声で返した。「おひとりでどうぞ」

「なるほど、夜が怖いんだな」

「違うわ」リーサは平然と答えた。「単にあなたが嫌いなだけよ。あなたと過ごす時間が短ければ短いほど、私にとってはありがたいわ」

「そうかな?」彼は皮肉たっぷりに言い、グラスを置いてわざとらしくにじり寄った。

「ゆうべは、別にいやそうでもなかったが」

「それはあなたが、誘惑に長《た》けているからよ」リーサはなんとかリックの目を見すえ、冷ややかに指摘した。「別に、私があなたを好きになったわけじゃないわ。それに、そういう自分を私が気に入っているわけでもないし」

「かわいそうに。自分の力ではどうにもならないことを、そこまで理づめで片づけるとは」

「二度と、あんなふうにはならないわ」

「自信があるのかな?」リックはにやりとした。

「あなただって、氷の塊を抱いても楽しくもなんともないでしょう?」そう言ってリーサは後ろに下がろうとしたが、あえなく彼につかまった。

「試してみよう」

近づいてくる顔から逃れようと、リーサは慌てて横を向いたが、容赦なくうなじをつかまれた。彼の唇が重なり、力強い体にぴたりと抱き寄せられる。

リーサは抵抗を試みたが、うずくようなぬくもりが体じゅうを駆けめぐり、あらゆる理性を打ち砕いていく。服をリックが最後の一枚まで脱がせ、続いて自分も脱ぐ間、リーサは抗議の言葉を口にすることすらできなかった。

巧みな愛撫《あいぶ》にさらされて胸がうずき、何も考えられない。激しく渦巻く官能の海のただ中で、確かなものといえば、目の前にいるリックだけだ。リーサは恥じらいを忘れて彼にしがみつき、導かれるまま、絶頂を極めた。

なめらかなシーツが背中に触れたとき、リーサはようやく我に返った。突如として、激しい嫌悪がこみあげる。なんということを。私はいつの間に屈してしまったの？「放して」もがいたものの、すぐに両手をつかまれる。

「この期に及んで、やめろというのか？」情熱に浮かされた目でリックは彼女の上に身をかがめた。

「最低！」リーサは震える声でののしった。「こんなまねをするなんて……最低よ」両手が自由なら、彼を殴っていただろう。「放して」次の瞬間、彼女はこみあげる怒りに任せ、彼の腕に噛《か》みついた。

リーサの耳に、呪いのつぶやきが聞こえた。続いて、柔らかな胸に歯が当たるの感じ、彼女は叫んだ。容赦のない報復のあと、今度は口をふさがれた。乱暴なキスは繊細な皮膚を傷つけたが、罰はさらに続いた。たくましい脚で彼女の腿を押し開くなり、リックはいっさい情けをかけることなく、彼女に究極の屈辱をもたらした。

永遠の時が流れたのではないかと思われたころ、リックはようやく体を離した。リーサは身も心も消耗し、動くこともままならず、じっと横になっていた。ぼんやりと天井を見つめたきり、リックが上掛けを引き上げて明かりを消したときも、まばたきひとつしなかった。

泣きたかったが、涙は出なかった。この世にこれよりひどいことがあるだろうか。体と魂の完全なる侵略。言葉で言いつくせない、あまりに残忍な行為。何カ月先、何年先になろうとも、いつの日かきっと復讐《ふくしゅう》してみせる。リーサは心に誓った。

「おやすみ」リックがあざけるように言った。

リーサが寝返りを打つと、いきなり二つの手が伸びてきて、彼女を自分のほうに向き直らせた。

「夫に背中を向けるんじゃない」

「私はいつも横向きに寝るのよ」自分でも恐ろしくなるほど、彼のことが憎かった。

「だったら場所を交換しよう。そうすれば、僕のほうを向いて眠れる」言うなり、リックは軽々と彼女を持ち上げ、ベッドの反対側に横たえた。

「この悪魔」リーサはつぶやいた。目に怒りの涙がこみあげる。「まだいじめ足りないの？」

「これでも手加減したほうだ」リックは悪びれもせずに答えた。

「信じがたい人ね」

「じゃあ、むやみに僕を刺激しないことだ。さもないと、また痛い目に遭うぞ」

リーサはそれ以上、何も言えなかった。闇の中で、涙がゆっくりと頰を伝い落ちる。眠るなんてとうてい不可能に思えたが、疲労のおかげで、やがて眠りが訪れた。安らぎのない眠りの中で、影のような人物が次々と現れては彼女につきまとい、苦しめた。彼らを振り払おうと、リーサはせわしなく体を動かした。すると、ひとりだけ輪郭のはっきりした人物が現れて彼女を優しくなだめ、悪夢を追い払ってくれた。

グレートバリアリーフを構成する島々の中でも、マグネティック島はひときわ大きい島だ。翌日からの二日間、二人はさまざまな観光スポットを精力的に訪ねてまわったが、周囲の美しい風景を目にしても、リーサには他人事《ひとごと》のような興味しかわかなかった。

ホテルのプールでも同じだった。リーサは暖かな日差しの下でなんとかくつろごうと努めたが、自分が機械仕掛けの人形にでもなったようで、ひどく心もとなく感じられた。

そんな彼女を、リックが考えこむように眺めている場面も、何度か目にした。

二日が過ぎてタウンズビルに戻り、それから一時間とたたずに空港に着いたときには、リーサは心から安堵《あんど》した。

7

険悪な灰色の雲の中、着陸態勢に入った飛行機の窓を雨がたたきつけた。

シドニー空港のロビーではヤニスが待っていて、手慣れた様子で二人の荷物を受け取り、先に立って車へ向かった。北部の暖かな日差しを浴びたあとでは、風はいっそう冷たく感じられ、肌を刺すようだ。リーサは思わずコートの前をかき合わせた。

彼女に続いてリックも車の後部座席に乗りこみ、長身を折り曲げた。リーサは贅沢《ぜいたく》なシートに身をあずけ、外の風景に心を奪われているふりをした。

「サラは元気?」リーサが運転席に向かって問いかけると、ヤニスはバックミラーを介して大きな笑みを返した。

「おかげさまで」ヤニスは気軽に応じた。「ひどい天気でしょう? 昨日は一日じゅう風が吹き荒れて、けさからはこの雨です」

「何か伝言はあるかい、ヤニス?」

リックの声には、おもしろがるような響きがこもっている。リーサはにらみたくなる衝動をぐっとこらえた。

「二、三ありますが、とくに重要なものはありません」ヤニスが答えた。

ローズベイに近づき、車が丘をのぼり始めると、リーサは心なしかほっとした。もうあと数分もすれば、あの美しい煉瓦《れんが》造りの家に着くだろう。そうしたら私は彼から逃れられる。リックは書斎にこもるだろうし、運がよければ仕事に出かけるかもしれない。そうしたら私は、一日、自由の身だわ。あれこれと計画が思い浮かんだ。ジェームズに電話しよう。それからイングリッドにも電話して、一緒にお昼を食べられないか誘ってみよう。最後に会ってから三日しかたっていないのに、いろいろなことがありすぎて、永遠の時が流れたようだ。

柱廊式の玄関の前で車が止まると、間をおかずして玄関の扉が開き、笑顔のサラが現れた。

挨拶《あいさつ》を交わしたのち、リーサはまっすぐに階段へ向かった。二階へ上がり、二人の寝室に入るまでは、腰にまわされたリックの腕にも黙って耐えた。

「もう大丈夫よ。〝愛情あふれる夫〟のふりはしなくても」部屋に入るなり、彼女は冷ややかに告げた。しかし腹立たしいことに、リックの黒い瞳は愉快そうな輝きを放っていた。

「僕は昼までにオフィスに行かなければならない。君はさぞかし、僕の留守を満喫するんだろうね」

「もちろんよ。この広い家を探検したり、兄夫婦に電話したり。できればイングリッドとランチを食べて……」リーサは彼を見上げた。「サラにディナーのことを指示するべきかしら」

「とりあえず相談するといい。だがまあ、どうせ二人だけだし、必要ないが」それから彼は、考えこむように言った。「君が街に出るなら、一緒に出かけてもいいな。帰りはヤニスが迎えに来てくれるだろう」

リーサの目がわずかに大きくなった。「何を言っているの？　私だって運転くらいできるのよ」

「君は議論をふっかける名人だな」リックはいまいましげにため息をついた。

リーサの頭に血がのぼった。「そう言うあなたは、議論を終わらせる達人ね」

「それを忘れないほうがいい」

「いいかげんにして。私は子供じゃないのよ」リーサの怒りが爆発した。

「リーサ」リックの目も怒りに陰った。「こんなふうに絶えずぶつかり合うのはうんざりだ。我ながらよく耐えていると思うが、これ以上、僕を怒らせるようなまねをするな」

「私の立場はどうなるの？　自分は力にものを言わせて、私にあらゆる屈辱を味わわせ、気まぐれに従わせようとするくせに、私が少しでも異を唱えると、子供じみているというわけ？　女性を見下すにもほどが――」

「うるさい」小さくつぶやくなり、リックは彼女を抱き寄せ、口を封じた。

たちまち激しい情熱が興奮を呼び覚まし、リーサの手足から力を奪う。ようやく解放されたのちも、彼女はじっと押し黙っていた。リックに頬をなでられても、抗議の言葉を発することさえできなかった。

「僕たちが通じ合えるのはこの分野だけらしい」そう言って、リックはリーサの顎を上に向けた。唇のかすかな腫《は》れに気づき、彼の表情がわずかに硬くなった。彼は身をかがめ、再びキスをした。奇妙に優しいキスだった。「そろそろ行くよ。君は好きなように一日を過ごすといい。僕は六時ごろに戻る」

リーサは出ていく彼を見守り、ドアが閉まると同時に、ジェームズに電話をかけた。

「帰ってきたんだね」

兄はわかりきったことを口にした。帰ってきたのでなければ、電話などするはずないのに。

「それで……どうだった?」

「なんて含みのある質問かしら」リーサは皮肉をこめて指摘した。「本当に知りたい?」

「僕なりに心配しているんだよ」ジェームズはむっつりと答えた。

リーサは顔をしかめた。「いまさら遅すぎるんじゃないかしら」

「アンドレアスにひどい扱いを受けているんじゃないだろうな?」

兄のあからさまな質問にリーサは目をつぶり、気持ちを落ち着かせた。「なぜそんなことを？」

ジェームズが答えるまでに、しばしの沈黙があった。「君が耐えがたい状況に置かれていたことはわかっているよ。だが僕だって、好きでそうしたわけじゃない」

「ええ、わかっているわ」こんな話を続けてもしかたがない。「ランチでも一緒にと思って電話をしたの」リーサは明るい声で取りつくろった。「それとも忙しすぎて、たったひとりの妹のために時間を割くこともできないの？」

「明日ではだめかな。今日は仕事が入っているんだ。ちょっと抜けられない」

「わかったわ。じゃあ、明日。場所と時間は？」

ジェームズはオフィスの近くにあるレストランを指定した。いったん電話を切ったのち、リーサは再び受話器を上げた。

「イングリッド？　今日のお昼に会えないかしら」

「まあ、リーサ！」義姉からは、泣き声まじりの返事が返ってきた。「今日はとても無理だわ。サイモンが風邪で寝こんでいて、置いていける状態じゃないの」

どうやら今日は、運が向いていないらしい。「いいのよ、気にしないで。来週にでも」

「ええ、ぜひ。週末はどうだった？」

まったく！　どう答えろというの。「楽しかったわ」リーサが抑揚のない声で告げると、義姉のかすかな笑い声が聞こえた。

「まあ、リーサったらつつましいのね。でも、わかるわ。人に話すようなことではないものね」

「サイモンによろしく」話が長引く前に、リーサは言った。「ランチに出かけられそうになったら、電話してちょうだい」

まったく、ついてないわ。いったい私は何をすればいいの？　リーサは立ち上がり、落ち着きなく部屋を歩き始めた。この時間に電話をできる友人はほとんどいないし、電話することと自体、ためらわれる。一時間くらいならサラと時間をつぶせるにしても、そのあとは？　ふと、彼女は心を決めた。そうよ、それしかない。ダブルベイに出かけて、買い物ざんまいよ。銀行には、うなるほどのお金が眠っているんだもの。リックに思い知らせてやるわ。妻を持つというのはお金のかかることだと。私にだってそれくらいの権利はあるわ。

リーサの車は、ガレージに収納されていた。メルセデスで送るというヤニスの申し出を断り、彼女は自分の車で出かけることにした。

車を運転するのが久しぶりに感じられる。重々しい鋳鉄のゲートを抜け、エンジンを快適にうならせて、リーサはいざ、ニューサウスヘッド通りを目指した。ほどなく郊外の高級ショッピングモールに着いた彼女は、駐車に手間取ることもなく、車を降りて、さっそう《*》と歩きだした。

値段を気にせず買い物を続けるうちに、午後はまたたく間に過ぎていった。最後の荷物を車の後部座席に積み終えたとき、聞き覚えのある声に呼び止められた。

「リーサ！　ずっと会いたいと思っていたんだ」

体を起こして振り返ると、すぐそこにトニーが立っている。「トニー」リーサは口を開いた。「どうしてこんなところに？」

「忘れたのかい？　僕はこの近くに住んでいるんだよ」

「そうだったわね。驚いたわ」

彼女の堅苦しい態度に気づき、トニーは顔をしかめた。「あのときは動転してしまって。かなりのショックを受けたから」

「もう帰るところなの」リーサはそっけなく告げた。

トニーは苦笑した。「昔なじみと一杯飲む時間もないというわけかい？」

「それって、賢明なことかしら」

「十分でかまわない。わだかまりがないことを確認するだけだ」

「それで、何を話すの？」リーサはとがめるように尋ねた。「お天気の話？」

「君が幸せかどうかについて」言った直後、リーサが抗議しようとするのを見て、彼は両手を上げて降参の意を示した。「わかったよ。天気の話でもなんでもかまわない。十分だけ。そうしたら、お互い自分の道を歩こう。約束するよ」

「五分後には家にいなくちゃいけないのよ」

彼女の気持ちの揺れを察し、トニーはたたみかけた。「おいおい、いくら強圧的な夫でも、十分くらいの遅刻は許してくれるだろう？　道路が込んでいたと言えばいい」

「わかったわ」リーサは観念し、車のドアの鍵《かぎ》をかけた。「十分だけね」

二人は半ブロックほど歩いて、こぢんまりしたバーに入り、奥のテーブル席に座った。

「何にする？」トニーが尋ねた。

「ライムソーダと水を」

リーサが答えると、彼はあきらめたように肩をすくめ、カウンターのほうへ歩いていった。

ほどなくトニーは二個のグラスを手に、リーサの向かいに座った。「人生に」彼はグラスを掲げ、乾杯のまねをした。

ライムソーダを飲みながら、リーサはなんとはなしに店内を見渡した。すると、カウンターのいちばん端に座っている人物の、信じられないほど見覚えのある黒髪が目に留まった。その人物の顔が見えた瞬間、彼女はショックのあまり息が止まりそうになった。リックだわ！　よりによって、彼だなんて。もし気づかれたら、なんと言い訳すればいいの？

彼女の気配を感じたかのように、彼がこちらを振り返り、冷ややかな目でリーサを見すえた。そして連れに気づくや、彼はかすかに目を細めた。

リックが隣の男性に言葉をかけ、こちらに歩いてくるさまを、リーサは催眠術にかかったかのようにぼんやりと眺めていた。

「なんてこった」トニーのつぶやきには、かすかな恐怖がにじんでいた。対決の時を待つまでもなく、彼は慌てて席を立ち、そそくさと店を出ていった。

「お楽しみの最中だったのかな?」

リーサは顔を上げ、臆《おく》することなく視線を合わせた。「ええ。あなたも?」リックの表情は読めない。

「仕事の話がまとまらなくてね。続きは一杯飲みながら、ということになったんだ」

リーサはグラスを持ち上げてひと口飲み、テーブルに戻した。「その人が待っているんじゃない?」

「何をしていたのか、説明してもらおうか?」

なめらかな口調が不吉な予感を誘う。

「既婚者は友だちと一杯楽しんではいけないという決まりでもあるのかしら」

リックの一方の眉が、問うように上がった。「彼は単なる友だちではないはずだ」

「いいかげんにしてよ!」リーサは怒りを爆発させた。「そういう脅しじみたまねはやめて」

「ここで落ち合うことになっていたのか?」

「違うわ。どうせ信じないでしょうけれど」

「偶然にしてはできすぎている」

「いいこと、午後はずっと買い物をしていたのよ。疑うなら、車を見てくれば?」彼女は夫をにらみつけた。「私がトニーとここにいたのは、五分にも満たないわ」

「なるほど」

もはや限界だった。リーサは怒りに任せて立ち上がった。「こんなところで尋問にさらされるのはまっぴらよ。さっさと仲間のところへ戻れば? 私は帰るわ」怒りの火花を散らせつつ、彼女は夫を頭のてっぺんから爪先までざっと眺め、端整な顔に視線を留めた。「自分のアパートメントに」

力をこめて最後のひと言をつけ加え、リックのそばを通り過ぎようとしたとき、彼女はいきなり腕をつかまれた。

「君も来たまえ」リックは有無を言わさぬ口調で命じた。「あとで一緒に家に帰る」

「お断りよ!」

「リーサ!」

その声は危険きわまりない警告の響きを帯びていたが、リーサはひるまなかった。「私は帰るわ」頑として主張する。「無理やり引き止めようとしたら、この場で騒ぐわよ」

「ずいぶん子供じみたやり方だな」

「そうかしら」

彼女の挑戦的な態度に、リックの黒い目に怒りの炎がともった。「続きは帰ってからにしよう」

「放してくれない？」リーサは力なく訴え、彼の手を振りほどこうと試みた。

「まっすぐ家に——むろん、僕たちの家に帰ると約束するなら、放してやろう」

リーサは黙ってかぶりを振った。「これ以上あなたのそばにいるのは、耐えられそうにないわ」

「じゃあ、僕の用がすむまで待つんだな」

リックの恐ろしげな横顔を見ながら、リーサはなんとか自分を抑えようと努めた。とはいえ、胸の内では殴ってやりたいと思っているときに、平静を維持するのは至難の業だ。

「あなたなんか地獄へ落ちればいいんだわ」彼女は静かに告げた。「あなたが何をどうしようと、私はもう怖くない」

リックの張りつめた顔には、冷たい怒りがありありと映っている。けれども何かが彼女を駆り立てていた。とても正気の沙汰《さた》ではないと自覚しつつも、抑えきれず、リーサはグラスの中身を彼の顔にぶちまけた。

「君の車のキーを」リックはそれでも引き下がらなかった。

リーサはかすかに顎を上げた。「お酒は一滴も飲んでいないわ」腕をつかむ手に痛いほど力がこもり、彼女は息をのんだ。「痛いわ！」

「それがどうした。本来なら殴ってやるところだ」

「チャンスがあれば、間違いなくそうしているでしょうね」言い捨てた次の瞬間、不意に体が自由になった。リーサは体の向きを変えるなり、走るようにその場を逃げ出した。

後ろからリックの呼ぶ声がしたが、リーサはほかの客を押しのけ、ドアを目指した。そしてドアを抜けたあとは、ハイヒールを履いた足で可能な限り、一気に駆けだした。

彼女の車は道路の反対側に止めてあった。左右をちらりと確認しただけで、リーサは道路に足を踏み出した。あいにく、雨を避けようとして顔は下に向けていた。

不意にまばゆい光が迫り、クラクションの音がリーサの耳をつんざいた。続いて、急ブレーキがかかる際のぞっとするようなきしみ音があがり、次の瞬間、彼女は闇《やみ》の底へと落ちていった。

リーサの耳に、いくつかの声が聞こえてきた。闇の世界にのみこまれたり、吐き出されたりするたびに、張りつめた会話が不規則な間隔で消えてはよみがえる。体が奇妙に軽く、それでいて、全身に鈍い痛みを感じる。現実の世界に戻りたくなくて、彼女はずっと目を閉じていた。混乱した意識の中を、とりとめのない記憶の断片が万華鏡のように漂っている。やがてそれがゆっくりと、ジグソーパズルのピースのように、あるべき場所におさまり始めた。

事故に遭うまでの出来事がひとつずつ思い出され、バーを出た瞬間にたどり着いた。あれからどれくらいたったのかしら。数時間？　もしかすると日付が変わって、すでに火曜日なのかもしれない。

バーを出ていく原因になった恐ろしい口論の場面がよみがえり、リーサは思わずうめき声をもらした。出ていくというより、飛び出したんだわ。

「ミセス・アンドレアス？」

おずおずと目を開けると、白衣を着た看護師が、身を乗り出してのぞきこんでいる。看護師は機械的にリーサの脈を測り、もう一方の手で彼女の口に体温計を差しこんだ。

「気分はいかがですか？」

「最悪だわ」リーサはつぶやいた。頭は綿がつまっているかのように重く、声も奇妙で、とても自分のものとは思えない。

看護師が同情の笑みを浮かべた。「まもなくドクターが見えますよ」

どの程度のけがなのか、自分でもよくわからない。リーサはおそるおそる目で確かめ、安堵《あんど》のため息をついた。大丈夫、骨折している様子はない。続いて足の指をまわしてみた。すると、脚から腰にかけて鋭い痛みが走った。

「骨が折れていないか、確かめているのかな？」

リーサが驚いて顔を上げると、いたずらっぽく輝く一対の青い目と出合った。白衣を着ているところからして、医師なのだろう。リーサはおずおずとほほ笑んだ。「どうなんでしょう？」

医師はためらうことなく教えてくれた。「いやなかすり傷が二、三箇所と、打ち身がいくつか。それに、軽い脳震盪《のうしんとう》とショック。X線検査の結果、三本の肋骨《ろっこつ》に髪の毛ほどの細いひびが入っていた。それと、左手首にも」

「その程度ですか？」

医師の口もとの笑いじわが深くなった。「足りないとでも？」

「いつごろ退院できますか？」

リーサの問いに、医師の青い目がきらりと光った。

「まったく、みんな、それをききたがる。とくに美人はここにいたがらない」

リーサの口もとにかすかな笑みが浮かんだ。「あなたはお医者さまでしょう？」

「ちゃんと医師免許も持っているよ。なぜだい？　医者は人間であってはならないとでも？」

「ごめんなさい」リーサは弱々しく謝った。「私のいだいている医師のイメージとは、ずいぶん違うものだから」

「なるほど。まじめで熱意にあふれ、高尚なイメージかな?」

リーサはまっすぐに医師を見つめた。「質問に答えて」

「どの質問に?」

「どれくらい入院しなければならないの?」

「とりあえず四十八時間は、いてほしい」医師は明るく答えた。「さらに監視が必要となれば、それが四日に延びる場合もある。正式な返事は明日まで待ってほしい。これでいいかな?」

「ええ、ありがとう」リーサは眠気を覚えた。

「ご主人と、五分だけ面会を認めよう」最後にそう言い、医師は出ていった。

ドアが開くのを感じ、リーサは自衛のために目を閉じた。リックが部屋に入ってくる様子が、音というより気配で伝わり、神経がちりちりとうずく。出ていってと叫びたいが、それだけの力がない。このままじっとしていれば、眠っているものとあきらめて帰ってくれるかもしれない。

なんの物音もしなかった。永遠の時が過ぎたのではないかと思うころ、リーサはゆっくりと目を開けた。すると、三十センチと離れていないところに、リックの暗く沈んだ顔があった。

「気分はどうだい?」

リーサは彼の視線を避け、上着のボタンを見すえた。「命に別状はないそうよ」

リックの目が険しくなり、続いて濃い影に覆われた。「死んでいたかもしれないんだぞ」

「幸か不幸かわからないけれど」うっかりつぶやいた次の瞬間、鋭く息を吸う音が彼女の耳を打った。

「神に誓って、冗談事ではない！」

リーサは彼をちらりと見やり、ただちに後悔した。どうやら、そうとう怒っているらしい。

「けがのことはすべて聞いたんでしょう」彼女は力なく指摘した。「帰ってもらえないかしら。事後検証につき合う気分ではないの」

リックは長い間黙っていたが、やがて無愛想に告げた。「サラが必要そうなものをまとめてくれたから、看護師に預けておいたよ。何か欲しいものはあるかい？」

リーサは痛めていないほうの手をもたげ、上掛けにのせた。「サラのことだから、きっと何もかも考えてくれていると思うわ」そのとき初めて、彼女は自分の着ている患者用の服に気づいた。お世辞にも優雅とは言えない。痛みが強くなってくるのを感じ、彼女は再び枕《まくら》にもたれた。「疲れたわ」嘘《うそ》ではない。それに、自分がひどく弱くなった気がする。

リーサは目をつぶり、リックが部屋を出ていったあとも、ずっとまぶたを閉じていた。そのあと看護師がやってきて、あれこれ測定し、痛み止めの注射を打ったときにも、リーサはかすかに反応しただけだった。

次に目覚めたときには、朝になっていた。最初、リーサは自分がどこにいるのかわからなかった。包帯を巻いた手首に違和感があり、重いうえに、ひどく痛む。というより、全身が痛みの塊のようだ。

食欲はなく、トレイにのった朝食は、わずかにつついた程度だった。

それでも、食後に看護師の介添えでシャワーを浴びたときには、天にものぼる心地がした。

体に残されたあざに気づいたのは、シャワーを終えてプラスチックの椅子から立ち上がったときのことだ。いくつかは間違いなく事故によるものだが、それだけではなかった。愛の行為を物語る生々しい跡……。リーサはきまり悪くなるとともに、悔しさに唇を噛《か》みしめた。よくも、こんなまねを。

シャワーのあとは、ディオールの香水の甘い香りに包まれ、柔らかな枕にもたれて髪をとかしてもらった。

「とても長いんですね。自然なウェーブがかかっていて、本当にすてきだわ」

若い看護師は、美しい患者にかすかな畏敬《いけい》の念をいだいているようだった。そして、廊下で辛抱強く待っている魅力的な男性にも。部屋じゅうに飾られた花の効果と相まって、すっかりロマンチックな気分に陥っている。

「さあ、ぐっとすてきになりましたよ。ご主人をお呼びしますね」

趣味のいいカジュアルな服に身を包んだリックは、まさに成功と洗練を象徴していた。しかもその顔には、看護師のため息を誘うに充分な、優しい気遣いがにじんでいる。看護師はリックを病室に案内し、二人を部屋に残してそっとドアを閉めた。

「ずいぶん顔色がよくなったな」リックはそう言って、悠然とベッドに近づいてきた。彼は身をかがめてリーサの頬に唇を当て、続いて唇をそっと重ねた。

「私が最高の看護を受けられるように取り計らってくれたのね」リーサは感情のこもらない口調で無愛想に言い、それから視線を上げてリックと目を合わせた。「お花をありがとう」

リックは眉を寄せた。「まだ何か根に持っているのかい?」

「いくつかね」

彼はベッドの端に腰を下ろし、一方の腕を彼女の腿にのせた。「言ってごらん」

「いまは、そういう気分じゃないの」

「明日には退院できるそうだ」

困惑が表情に表れたらしく、リックの顎に力がこもるのがわかった。「何時に?」リーサは力なく尋ねた。彼の手が伸びて彼女の顎を上に向けたときにも、逃れる気力はなかった。

「誰がどう見ても、残虐な青ひげに連れ戻される妻の顔だ。実際には、卵からかえったばかりの雛《ひな》のように世話を焼かれ、甘やかされるというのに」

「サラにね」リーサは指摘した。「それと、ヤニスに」

「夫は違うとでも？」リックは心外そうな口調で尋ねた。「かわいそうに。僕の妻でいるというのは、そんなに大変なことかい？」

「わかっているくせに」リーサが不機嫌に言い返すと、彼は乾いた声で笑った。

「なるほど、そうとうひどいわけだ。それで命を危険にさらしてまで、僕から逃れようとした――そうなのか？」

「頭にきていたのよ」リーサは彼の目を見ながら説明した。「まったく前を見ていなかったわ」

「その程度のけがですんで、どれだけ幸運だったかわかっているのか？　まったく」リックは小さくつぶやいた。「君が車にぶつかる瞬間を見たときの僕の気持ちを、少しでも考えてみたのか？　君が危険な目に遭うとわかっていながら、何もできずにいた僕の気持ちを」

「大切な人的資産が台なしだと思った？」ぞんざいに言い放ったとたん、黒い目の奥に怒りの炎がまざまざと燃え上がり、リーサは身のすくむ思いがした。

「リーサ」リックは効果たっぷりに抑揚をつけて警告した。

彼女はかぶりを振り、力なく訴えた。「帰って、リック。これ以上の非難にはとても耐えられそうにないわ」

リックは容赦なく妻を見すえた。「君の態度には、聖人といえども我慢ならないだろうな」

「私の知る限り、あなたを聖人になぞらえるのは、どうかと思うけれど」

リックはいきなり立ち上がり、リーサを見下ろした。「何か入り用なものは？　雑誌なり本なり、あるなら午後に持ってくる」

「そういう気遣いはけっこうよ。私はいたって安全ですから」ここにいる限りは、とリーサは心の中でつけ加えた。

「だとしても、二時ごろに寄る」そう言い残し、リックは体の向きを変えてドアへ向かった。

彼が帰ったあともリーサの気分は落ち着かず、おいしそうな昼食を前にしても食欲はわかなかった。

数時間後にリックが入ってきたとき、リーサは窓際の椅子に座っていた。彼が近くのテーブルに雑誌を何冊か置くさまをちらりとうかがう。

「貴重な時間を割く羽目になって、大変なんじゃない？　そもそも、いまごろはメルボルンに行っているはずでしょう」リックの怒りに気づいたものの、リーサは意に介さなかった。「それとも、夫の務めだと感じているの？」

「何が務めだ！」声を荒らげたのち、リーサの頬が赤らむのを見て、彼は冷笑を浮かべた。「僕は君の夫だ。なのに、妻の体を気遣うことも許されないのか？」

彼の顔をたっぷり二十秒ほど見つめたのち、リーサは慇懃《いんぎん》に尋ねた。「シャンタルはお元気？」

リックの眉が問うように上がった。「いまはシャンタルの話ではなかったと思うが」

「そうね」

「だが、話したくなった。そういうことかな？」彼は皮肉たっぷりに眉をつり上げ、リーサの隣の椅子に腰を下ろした。「彼女の何が知りたいんだ？」

話題にしたものの、リーサはそれ以上、追及する気になれなかった。結局のところ、何を尋ねることができるだろう。彼女はあなたのなんなの？　以前の恋人？　いまもつき合っているの？　そういう質問は、相手に気があることを認めるに等しい。そんなこと、できるわけがない。なぜなら絶対にありえないことなのだから。彼が何人の女性とワインを飲もうが食事をしようが、いっこうにかまわない。

そこまで考えたところで、リーサは口を開いた。「彼女って……魅力的ね。長いつき合いなの？」

「数年かな。もしかして、嫉妬《しっと》しているのかい？」リックはすかさず指摘した。

「もちろん違うわ」リーサは語気鋭く否定し、リックの肩のあたりに視線を据えた。

「じゃあ、どう感じているんだ?」

しばらく考えたのち、リーサはゆっくりと答えた。「本当に知りたい?」

リックが答えるまでには、ずいぶん間があった。そして彼の口から出てきた声は、危険なほど甘い響きを帯びていた。「けがの身を神に感謝するんだな。さもなければ、僕を疑った代償を、いやというほど支払わせるところだ」

彼が本気なのは明らかだ。リーサは体が震えそうになるのを必死にこらえた。

「痛みもあるのかい?」

射抜くような黒いまなざしを、彼女はまっすぐに受け止めた。「耐えられないほどではないけれど、肋骨も痛むし、手首も痛いわ。体をサンドバッグ代わりにされたみたい。それを除けば、あとは平気」

「あざもたくさんあるのか?」

「ええ」先ほどの怒りがよみがえり、リーサは激しく言い返した。「ただし、事故の前からすでにいくつかあったようだけれど。あなたのせいで。ありがたくもなんともないわ!」

合点がいったかのように、リックの目が光った。「なるほど、キスマークを人に見られて、それで腹を立てているわけか」彼の口もとにかすかな笑みが浮かんだ。「そんなに気になったのかい?」

「そうよ!」彼のおもしろがる様子に、リーサはますます癪《しゃく》に障った。「最悪だったわ!」

「気にすることはない。僕がちゃんと取りつくろっておくよ」

「よけいなまねはしないで!」

「三時に約束があるんだ」彼は立ち上がり、妻の額にそっとキスをした。「それじゃあ、夜に」

「もう気遣いは無用よ」リーサは噛みつくように言い捨てた。「どうせ明日には帰るんだもの。そのときに会えるわ」

「それでみんなに、薄情な夫と思わせるのかい? 看護師はもちろん、サラにもヤニスにも。二人とも、決して僕を許さないだろうな」

「とにかく私は来てほしくないのよ」大声をあげた瞬間、リーサは痛みに顔をしかめた。いまになってショックが襲ってきたのか、それとも怒りのせいか、両の目に涙がこみあげた。

リックはいらだたしげにドアへ向かった。「医者を呼んでくる」

「いいかげんにしてよ! なんでもないんだから」

リックは考えこむように彼女を凝視した。「でも念のため、医者に言って診てもらう」

彼が帰ったのち、リーサはじっと物思いにふけっていたが、やがて立ち上がり、部屋の反対側にあるテレビのスイッチを入れた。興味のあるふりをして小さな画面を見ていると、看護師が夕食のトレイを運んできた。食後は、回診まで、リックが持ってきた雑誌をぱらぱらとめくった。

七時十分に時計を見たのち、彼女は再び雑誌を読んだ。イングリッドとジェームズが見舞いに訪れ、あれこれと気遣い、果物と話題の小説を置いていった。

兄夫婦が帰ったのち、リーサは部屋着を脱いでベッドに入った。結局リックは現れず、なぜか見捨てられた気がした。九時になり、看護師が消灯の準備に来たが、リーサは笑みを取りつくろう気にもなれなかった。

闇の中で、リーサはどうしようもなく自分に腹が立った。自ら来るなと言っておきながら、恋しがるなんてどういうこと？　しかし実際、彼が恋しくてたまらない。涙の粒がゆっくりと頬を伝い、顎の先でしばし留まり、ほどなく喉を濡《ぬ》らした。

とてもまともじゃないわ。目の前にリックの面影がくっきりと浮かび上がった。力強い横顔。荒削りな骨格。ときにユーモアに輝き、ときにぞっとするような怒りを映す、漆黒の目。彼女をからかい、じらし、我を忘れさせるセクシーな唇。彼に触れたくて、触れてほしくて、体がうずく。

ばかばかしい。リーサは小さくうめき、枕に顔をうずめてさめざめと泣いた。

8

　リックは翌日の二時過ぎに現れた。彼がいると病室が一気に狭くなり、看護師は落ち着きを失って恥ずかしそうにした。看護師が彼をどう思おうが、かまわない。リーサは自分に言い聞かせたが、実際には、彼が愛情を取りつくろって額にそっとキスをしたときには、胸のときめきを抑えることができなかった。我ながら腹立たしい。トニーとの〝密会〟をめぐるリックの高圧的な態度には、いまも腹の虫がおさまらないというのに。

「ゆうべは来なかったわね」

　彼女の言葉に非難の響きを感じ取り、リックはまじまじと見つめ返した。「忘れたのかもしれないが、君がはっきり、〝来るな〟と言ったんだ」

「あなたのことだから、きっとあらゆる機会を利用して、妻思いの夫を演じるんじゃないかと思っただけよ」

「どうやら元気になったようだな」

　どことなく愉快そうに指摘され、リーサはむっとして押し黙った。車椅子に乗って看護師につき添われている状態では、怒りをあらわにするのは難しい。

リックは細心の注意を払って彼女を車に乗せてから、運転席に乗りこんだ。ついにリーサの恐れていたときが来た。反撃が始まるに違いない。いまはとても、彼の質問攻めをかわす気力はないというのに。

ところが、リックは驚くほど物静かで、ボークルーズへ向かう十分ほどの間、ほとんど話さなかった。そして車が家に着くなり、玄関のドアが開いてヤニスとサラが姿を現した。ほどなくリーサは、出迎えの挨拶《あいさつ》と、体を気遣う質問の嵐《あらし》にのみこまれた。

「もう休んだほうがいい」彼女の青白い顔を目に留め、リックが促した。

「この二、三日、ずっと休んでいたのよ」リーサはかまわずに居間へ進んだ。「コーヒーが飲みたいわ。それに、サラのお手製のスコーンも」

「それがすんだら、二階へ上がって休むんだ」

「こんな真っ昼間から？　子供扱いして、あれこれ命令しないでちょうだい」そう言いながらも、彼女はリックのいらだちを感じ取った。

「まったく、君という人間は学習しないな」

リーサは近くの椅子に腰を下ろし、大きくため息をついた。「いいかげんにしてよ。たったいま帰ったばかりなのに、もう言い争いをしなくてはならないの？」

リックは片手を髪に差し入れ、乱暴にかき乱した。その姿は奇妙にセクシーだった。

そう」

「ときどき、君の体を激しく揺さぶりたくなるよ」

「やめて」リーサは顔をしかめた。「いまそういうことをされたら、本当に壊れてしまいそう」

リックの鋭いまなざしをリーサは穏やかに受け止めたが、内心はそれどころではなかった。欲望、憎しみ、反感。彼のせいでここまで感情を翻弄《ほんろう》されるのは、あまりに不公平だ。「お願いよ、リック。もう行って」リーサは力なくつぶやいた。「いまは言い争う気になれないの。これ以上あなたがここにいたら、間違いなくそうなるわ」

「書斎へ行くよ。どうせ僕が出ていくと同時に、サラが入ってくるだろう」そう言って部屋を横切り、彼は静かに出ていった。

リーサはどっと椅子の背にもたれた。くたくただった。自分で思う以上に、体がまいっているのかもしれない。目を閉じたら、このまま甘い眠りに吸いこまれてしまいそうだ。実際、そのとおりになった。

しばらくしてやってきたサラが寝ているリーサに気づいて、リックを呼びに行った。リーサの青白い顔を目にするや、リックは彼女をそっと抱き上げ、そのまま二階へ運んだ。リックは妻をベッドに下ろし、靴を脱がせて、上掛けをかけた。それから近くの椅子に腰を下ろした。

夢の中で、リーサはまたも悪夢の瞬間を体験していた。まばゆいヘッドライト、急ブレーキの音、鈍い衝撃。悲鳴とともに目を覚ました彼女は、しばしの間、夢と現実の区別がつかなかった。

「大丈夫だ」男性の声がリーサをなだめた。「ここは家だよ。安心して」

しだいに目の焦点が合い、彼の顔が見えてくると、リーサは泣きだした。しゃくりあげるようなみっともない泣き方で、体の節々がひどく痛んだ。

リックはベッドの端に座り、彼女の額にかかった髪を耳にかけた。「飲み物でも頼もうか?」

リーサはかぶりを振った。「私はどれくらい眠っていたの?」

「四時間だ」リックはほほ笑んで答えた。その笑みは奇妙に優しい。「おなかはすいていないかい?」

どうかしら? 彼がこんなに近くにいると、気持ちを集中できず、自分でも判然としない。

「服を着替えて、ちゃんと休んだらどうだ? サラに言って、何か食欲をそそりそうなものを用意してもらうよ」リックは軽々と彼女を立ち上がらせ、服のボタンを外し始めた。

「自分でできるわ」リーサは震える声で訴えた。

「片手で? いいからじっとして」リックは彼女の訴えを却下し、服を脱がせ始めた。

彼の手が下着の留め金に伸びたとき、リーサは抗議の声をあげたが、無視された。そして、彼の手が胸のふくらみを守るようにそっと包むと、リーサはひたすら黙って耐えた。

「そんなに恥ずかしいのかい？」

「あなたに子守の役は似合わないわ」言葉が喉につまる。

リックはナイトガウンを手に取った。「腕を上げて」

「自分でできるわ」リーサは繰り返した。

「さっきも聞いたよ。いい子だから、言うことをお聞き」リーサが従いかけたそのとき、彼女の体に残されたあざに気づき、リックの目がかすかに細くなった。

「ようやく薄れてきたところよ」彼女の声には怒りがにじんでいた。「看護師は何も言わなかったけれど、もちろん、原因はわかっていたはずよ。本当に最悪！」

「よしよし」リックは子供をあやすような口調でなだめた。「まったく、なんてうぶなんだ。体に情熱のあかしを残しているのは、この世で君ひとりではないんだよ」

「情熱じゃないわ、快楽よ！」リーサは激しく言い返した。「よくも、そんなふうにごまかせるわね」

リックは彼女の頬をそっとなぞり、顎を持ち上げて視線を合わせた。

奇妙なぬくもりがリーサの血管を流れ始めた。彼女は声にならない声をあげ、横を向いた。「お願い、やめて」

「何をやめるんだい？」

「もう耐えられないわ」すがるような訴えにもかかわらず、リックの顔が近づいてくる。リーサは涙のにじんだ目を見開いた。

リックの唇が重なり、信じられないほど優しく彼女の唇をなぞり、求める。リーサが初めて知るキスだった。彼女の体はみるみる内側から溶けだし、リックの唇が胸のふくらみをたどるのを感じるや、小刻みに震えだした。ゆっくりと、限りない優しさをこめて、彼はひとつひとつのあざを愛撫《あいぶ》していく。たちまちリーサの欲望に火がつき、体の隅々が命を得て、熱くうずきだした。やがてリックの唇は再び彼女の唇を覆い、甘い蜜《みつ》をたっぷり味わったのち、ゆっくりと離れた。

「ナイトガウンを着ようか？」リーサの頬の赤みに気づき、リックの目がいたずらっぽく輝いた。「君のいまの健康状態を考えると、誘惑に応じるわけにはいかないからね」

「誘惑なんかしていないわ！」

「おそらく君自身は意識していないのだろうが、君の体は違う。まるでそれ自体、意志を持っているかのようだ」

図星だった。とはいえ、絶対に認めるわけにはいかない。リーサはわざと甘い声を出した。「子守ごっこが終わったようだから、私はそろそろベッドに入るわ」

リックが短く笑うのが聞こえ、すんでのところで我慢の糸が切れそうになったが、リーサはなんとか耐え忍んだ。

そのとき、サラが現れた。おいしそうな食事ののったトレイには、真っ赤な薔薇《ばら》のつぼみを飾ったクリスタルの花瓶も添えられている。いまが薔薇の季節でないことを思い、リーサは温かな心遣いに胸を打たれた。

「スープとオムレツをご用意しましたよ」家政婦はそう言って同情のこもった笑みを向けた。「何か軽いものを、それに、おひとりでも召し上がれるものをと思いましてね。食後のフルーツサラダもございます」

「ありがとう、サラ。あなたはまさに天使だわ」リーサはおずおずと笑みを浮かべた。

「私ったら、こんなに甘やかされて」

「今回の件は本当にショックでしたからね。ミスター・アンドレアスは、病院に泊まりこむとおっしゃって譲らず、昨日までほとんど一歩も外へお出にならなかったんですよ。奥さまのことを心から心配なさって……。私たちもみんな、本当に心配したんですよ」

リーサは目を上げ、それから驚きを悟られないよう慌ててまつげを伏せた。「道路を渡ろうと焦っていて、近づいてくる車に気づいたときには手遅れだったのよ」

「大事になっていたかもしれないのに、大したけがもなく、神さまに感謝しなければ」サラは熱をこめて訴えた。

「私は意外にタフなのよ」リーサは冗談めかして言った。「二、三日もすれば、ぴんぴんするわ」

「そう願いますよ。ミスター・アンドレアスは、そうとう取り乱されていたんですからね」

本当に？　だとしたら、まったくいい気味だわ。

食事はおいしく、リーサはひと口残らず食べた。そのため、一時間ほどして部屋に入ってきたリックが、思わず彼女の顔とトレイを見比べたほどだった。

「サラが喜ぶだろうな」

からかい半分に指摘され、リーサは顔をしかめた。「病気で部屋に閉じこめられた子供の気分よ。足りないのはおもちゃだけね」

リックの目がいたずらっぽく光った。「代わりに、ベッドタイム・ストーリーでもどうだい？」

「赤ずきんちゃんの話でもするつもり？」リーサは考える前に口走っていた。「それで、あなたが狼《おおかみ》の役を演じるの？」

「僕をそんなふうに見ているのかい？」

リックはベッドのそばに来てトレイを片づけ、ベッドの端に腰を下ろした。無駄のない優雅な動きに、リーサはうっとりと見入った。

彼には純粋に動物的な意味で、私を引きつける何かがある。出会いの状況が違っていたら、私はリックの魅力にあらがえなかったかもしれない。けれども実際には、しだいに彼に惹《ひ》かれていく気持ちと絶えず闘い続けている。彼が私と結婚したのは打算以外の何物でもないと頑《かたく》なに思い続けている。それが二人の関係にとってよくないことは頭ではわかってていても、ほかにどうすればいいのかわからない。

「何を考えているんだい？」

彼の声にはっと我に返ったリーサは、その場が官能的な空気に満ちていることに気づいた。無意識のうちに、目がリックの唇に引き寄せられる。それが自分の唇に重なる瞬間が生々しく思い浮かぶ。さらに悪いことに、リーサはそのキスを切実に望んでいた。独占欲を押しつけるためのキスではなく、優しさを示すキスを、好意のあかしのキスを。

「あなたがいつ、文句を言いだすのかしらって」

リーサが軽い調子で答えると、リックは探るように目を細めた。

「なるほど」彼はゆっくりとうなずいた。「前の恋人のことか。トニーと言ったかな、たしか」

大きなため息をついたとたん、肋骨《ろっこつ》に痛みが走り、リーサは顔をしかめた。「あのとき彼と会ったのは、完全な偶然よ。お互いわだかまりがないことを示すために、一杯だけ飲もうと誘われて、応じただけ」彼女はゆっくりと目を上げた。「そうしてはいけない理由は思い当たらなかったし」

リックは考えこむように彼女を見つめた。「君とは、結婚してまだわずかしかたっていない。君がほかの男性と、それも君にとって特別な意味を持つ男性と一緒にいるのは、容認できなかった」

「でももし、私がバーかレストランであなたがほかの女性といるところを目にして、あなたと同じような態度をとったとしたら、あなたは私が何を騒いでいるんだろうと思うのではなくて?」

「おそらくね」

「まったく。男性なんてみんなそうよ。身勝手すぎるわ」

リックの浮かべたかすかな笑みが彼女の怒りをあおった。

「つまり、その非難は僕だけに向けられているわけではないんだな?」

「そうよ。いえ、そうじゃなくて……何が言いたいの!」

「いいかげん、休戦にしないか?」リックは上着のポケットから小さな箱を取り出し、リーサの膝の上にほうり投げた。

「これは?」彼女は得体の知れないものを見るような目で、それを見つめた。

「開けてごらん」軽い口調で促され、リーサはおずおずと箱を開けた。

中にはみごとなダイヤモンドのペンダントが入っていた。涙形にカットされた切り子面が、多彩な光を放っている。その輝きはなんともすばらしく、リーサは思わず至福のため息をもらした。「これを私に?」彼女はさっと顔を上げ、リックの目を見つめた。「でも、どうして?」

　答える代わりに、リックは細い鎖をベルベットの台座から取り上げ、彼女の首にかけて、小さな留め金を留めた。

　繊細な胸の間にダイヤモンドがしっくりおさまるのを見て、リーサはほほ笑んだ。「ナイトガウンには似合わないわ」

「確かに。何も着ていないほうがずっといい」

「それはどうも!」

　リックはにやりとした。「君の魅力をほのめかしたことに対してのお礼かい?」

　リーサは深呼吸をしてから答えた。「ペンダントに対してよ」心なしか声が震える。「だけど、やっぱり受け取るべきではないのかも」彼女は考えこむように続けた。「ギリシア人が物を贈ることに関しては、たしか有名なことわざがあったんじゃないかしら?」

「僕が見返りを求めているとでも?」

「あなたは求めるだけでなく、いきなり奪うんだもの」リーサの声がますます震える。

　リックの顔に謎《なぞ》めいた表情が浮かんだ。「寝る前に、何か入り用なものはないかい?サラが温かい飲み物を運んでくれることになっているが」

　リーサがゆっくり首を左右に振ると、彼は何も言わずに出ていった。

　それから何時間か過ぎたが、リーサは依然として起きていた。薬のおかげで痛みはないが、良心がうずいて落ち着かない。とうとう耐えきれずに、彼女はベッドを抜け出してローブを羽織った。そして、もはや何も考えず、廊下に出て階段を目指した。

一階の書斎の前でリーサは大きく息を吸って気持ちをしずめ、ドアを開けた。部屋はまぶしい光に満ちていた。

「けが人がそんなところで何をしているんだ?」

リックの怒りを目の当たりにし、リーサはそのまま逃げ出したくなったが、意志の力で踏みとどまった。

ここまで来たら、言ってしまうしかない。「誕生日でもないし、クリスマスでもないのに」リーサは右手でペンダントに触れながら、勇気を出して彼の目を見た。

リックが目を細め、椅子の背にもたれた。こういうときの彼は、悪魔さながらだ。あるいは闇《やみ》の天使、ダーク・エンジェル。よほど慎重に進めなければ、恐ろしい怒りを買う羽目になるだろう。

「つまり、礼が言いたいのかな?」リックはけだるい口調で尋ね、彼女の口もととペンダントを交互に見やった。

「ありがとう」リーサは素直に告げた。「大事にするわ」

リックの目の端にしわが寄り、おどけた表情になった。「おいおい、リーサ、まさかそれで終わりじゃないだろう?」

　リーサは下唇を噛《か》み、彼のもとへ歩いていった。それから本能に従い、身をかがめて夫の唇の端にそっとキスをした。

「それだけかい？　あれは飛び抜けて高価な品なんだよ。もう少し何かあってもいいだろう」

　リーサはなんとか平静を保とうと努めたが、どうしても目を合わせることができなかった。ゆっくりと、彼女は顔を寄せた。

　唇が触れ合った瞬間、リックの手がリーサをつかんだ。その拍子に足がふらつき、リーサは夫の肩にしがみついた。こんなふうに自分からキスをするのは初めてだった。

　リックは彼女の唇がさまように任せ、彼女が身を離そうとするや、キスに応《こた》えて引き止めた。

「お願い、やめて！」

　膝の上に抱き上げられて、リーサは悲痛な声で訴えたが、リックはあっさり聞き流した。体じゅうの血がすさまじい勢いで駆けめぐり、ほどなく彼女は我を忘れた。みぞおちのあたりで生じたぬくもりが、ゆっくりと全身に広がっていく。リックの手がレースの上着を押しのけると、彼女の口から低いうめき声がもれた。リーサはちらりとリックをうかがった。彼の目も情熱を映し、うっとりしている。だがその直後、リックは彼女の腕を優しくほどいた。

「そろそろベッドに戻ったほうがいい」その笑みにはぬくもりが感じられる。リックは彼女を抱いたまま、楽々と立ち上がった。

リーサは計り知れない安心感に包まれるとともに、この感覚を一生、手放したくないと思った。リックが部屋の明かりを消し、階段をのぼって、寝室に入っていく。そして、夫の手でベッドに下ろされる間、彼女はずっと夢見心地で彼の顔を眺めていた。

リックは何か考えこむような表情でじっと彼女を見ていたが、やがてバスルームへ向かった。戻ってきた彼がベッドに入り隣に横たわったとき、リーサの体はほてり、あらゆる神経がちりちりとうずいた。彼女は目を伏せ、彼が手を伸ばして明かりを消すさまをじっと見守った。

続く二、三日は、何事もなく過ぎていった。サラに甘やかされて過ごす日々は快適だが、退屈なのは否めなかった。リーサがどんなに頼みこんでも、リックは頑として外出を認めず、とうとう彼女はある朝、これでは監禁も同然だと怒りを爆発させた。

「そんなことはないさ」朝食の席で、リックは悠然と答えた。「ゴールドコーストから友人が来ることになっているんだ。今夜は彼と食事をする」

「この家で?」そうではないことを祈りつつ、リーサは尋ねた。

「ダブルベイのレストランに予約を入れてある」

リーサはその午後、信じられないほどの時間をかけ、入念に身支度をした。

「そのお友だちのことを教えて」ニューサウスヘッド通りを走る車中、彼女はリックに頼んだ。「親しい友人なのに私が何も知らなかったら、変に思われるかもしれないわ」

「ライアンはゴールドコーストで不動産会社を経営している。僕とは同じ大学の出身で、一緒に投資も行っている仲だ。君が彼のことを知らなくても、向こうはこっちが新婚だと承知している」リックは意味ありげに言葉を継いだ。「別のことで頭がいっぱいなのは百も承知さ」

リーサは挑発にはのらず、レストランへ入る際に彼が腕を取ったときにも、抵抗しなかった。

「ミスター・マーシャルがカウンターでお待ちでございます」支配人が二人を丁重に迎えた。「お客さまも、そちらへいらっしゃいますか？　それともテーブルをご用意して、ミスター・マーシャルをお呼びいたしますか？」

「テーブルを頼もうかな。それと、ソムリエをよこしてくれ」

ほどなく現れたライアン・マーシャルは、洗練された男性の典型とでも呼べそうな人物だった。どことなく物憂い雰囲気を漂わせ、リーサとしては大いに心当たりのある、非情さを感じさせる。

「こんにちは。どうぞよろしく」ライアンはすぐに打ち解けた態度で挨拶し、めまいのしそうな笑みをリーサに向けた。「なるほど、君がリックを結婚に踏み切らせた女性か」彼はグラスを掲げ、からかうように言った。「幸せが長続きしますように」

「皮肉っぽい性格を許してやってくれ」リックが冗談めかして口を挟んだ。「さて、注文しようか？」

「ああ、頼むよ」ライアンは同意した。「今日は昼食抜きなんだ」

リックはリーサに向き直った。「お勧めの料理を教えようか？　それとも、そういうのは女性の選択の自由に反するかい？」

リーサはわずかに首をかしげた。「いいわ、とりあえず教えてちょうだい」

「前菜はサーモンのムース。メインはロブスター・テルミドールが、なかなかいける」

「車海老《くるまえび》とサラダのほうがいいわ」

ライアンがくすくす笑いだした。「これはまた、ずいぶんはっきりとご自分の意見をお持ちだな。僕の妻と気が合いそうだ」

リーサは驚きを押し隠して尋ねた。「結婚されているの？」

「妻とはいっても、別れた妻でね」ライアンは率直に打ち明けた。

「とりあえず注文を決めてしまおう。ウエイターが待っている」リックがすかさず割って入った。

結局、勧めに従って頼んだサーモンのムースは、すばらしかった。そして、リーサが続く海老料理の最初のひと口をフォークに刺したとき、柔らかな女性の声が聞こえてきた。

「リック、それにライアンも！　やっぱりここだったのね」

最初のひと口を食べ終えるまで、リーサは何食わぬ顔をしていた。それから慇懃《いんぎん》な笑みを取りつくろい、振り返って挨拶をした。「シャンタル、またお会いできてうれしいわ」

「あなたがシドニーに来ていると父から聞いて、たぶん二人で食事でもしているんじゃないかと見当をつけてきたの」シャンタルはうれしそうにしゃべりだした。「昔なじみとして、私も合流したいと思って」そう言ってリックに目を向けた彼女は、いまにも食らいつきそうな顔をしていた。「電話をしたのになしのつぶてで、無礼な人ね」

「座って、シャンタル」ライアンが促した。「みんなが困惑しているよ」

困惑なんてものじゃないわ、とリーサは思った。

「だって、こんなゴージャスな男性二人をリーサが独り占めするなんて、不公平だわ」シャンタルは口をとがらせ、向かいの席に座った。それからリーサにちらりと目を向け、手首のサポーターに気づいて眉を寄せた。「あら、いやだ。そういうのはテニスコートではめたほうがいいんじゃない？　それとも何か新しいファッションかしら？」

「リーサは最近、事故に遭ったんだ」

リックの説明に、シャンタルはぞんざいに肩をすくめた。

「なんでもないのよ」リーサは皮肉をこめて言ったつもりが、完全にあてが外れた。

「けがはなかったのかい?」ライアンがきいた。

「大したけがはね。幸いなことに」リックが代わりに答えた。

およそ幸先《さいさき》がいいとは言いがたかった。シャンタルが会話を支配し、リーサを完全に無視するにつれ、リーサはしだいに腹が立ってきた。

十時になったところで、リーサは頭痛を口実に、先に帰ると宣言した。〝タクシーを呼ぶので、どうぞごゆっくり〟と言い添えたが、二人の男性もそれを機に腰を上げ、シャンタルの抗議にもかかわらず、ライアンが会計を頼んだ。

「じゃあ、また」店をあとにしながら、ライアンはリーサに言った。「リックは運のいいやつだ」

「今週中にまたお食事でもいかが?」リーサは礼儀上、誘ってみたが、ライアンは首を横に振った。

「残念ながら、明日にはゴールドコーストに戻らないといけないんだ」

リーサはその場にふさわしいコメントを返した。

二人に別れを告げたライアンを見送るや、リックが彼女の肘を強くつかんだ。

「ライアンとはずいぶん気が合うようだな」

リーサは彼の顔をちらりと見やり、すばやく通りに視線を戻した。外はずいぶん冷えこんでいる。彼女はかすかな震えを抑えつけた。「無理もないわ。彼、あなたにそっくりだもの」

リックはかすかに笑った。「本当に？」

「きっと奥さんも、彼と一緒にやっていくのは無理だと思って別れたのよ」

「それは別に、あてつけではないんだろうね？」

「シャンタルはあなた方をたいそう気に入っているようだけれど？」

「やっぱり。そのうちきっと話題にのぼると思っていたよ」

短気を起こさないよう、リーサは歯を食いしばった。「できれば彼女の話はしたくないわ。頭ががんがんするし、疲れたわ。早くベッドで眠りたい」

「そうだな」答えながら、リックは車を私道に入れた。「明日はゆっくり休むといい」

「明日は自分の好きなことをするわ」リーサは噛みつくように宣言した。

家に入って寝室に戻り、着替えをすませたのち、彼女はベッドのいちばん端に、横向きに寝た。

リックの押し殺した笑いは彼女の怒りをますますあおり、彼が隣に身を滑りこませたときも、リーサは頑なに無視していた。

しかし闇の中で、彼の手はリーサの抗議をあっさり黙らせた。そして悔しいことに、最後に相手にしがみついていったのは、彼女のほうだった。

「今日は遅くなるから、夕食は待たなくていい」

翌朝、出かける前にリックが言った。

「まあ」リーサの意に反し、彼女の声には失望がはっきり表れていた。

リックは探るように、横目で妻を見やった。「それだけ？　どこへ行くのか、なんの用か、きかないのかい？」

リーサは軽く肩をすくめた。「きいたら、どうかなるの？」

「別にどうにもならないさ」リックは不機嫌に答え、出ていった。

まったく、あんなつまらないことを言うつもりはなかったのに。リーサは悔やんだが、あとの祭りだった。

目の前には長い一日が横たわり、これといってするべき用事はない。

そうだわ。リーサは不意に思い立ち、電話のほうへ歩いていった。

イングリッドは、あいにく今回も都合がつかなかった。しかたがないので、彼女とは明日に会う約束をし、ロベルトにかけてみた。

「もしもし、ロベルト？　リーサよ。最近のファッション界はどう？」

電話の向こうからくすくす笑う声が聞こえてきた。

「君が辞めて、まだ十日あまりしかたっていないんだよ。耳よりのニュースをせがまれても答えようがない」

「おもしろいこととか、何もないの？」

「いったいどうしたんだい？　カメラとキャットウォークが恋しいわけではないんだろう？」

「実は、スタジオに遊びに行こうかと思って」リーサはぼんやりと口にした。「それとも、どこかでショーをやっていないかしら」

「今夜あるよ。しかも、モデルがひとり足りない。スージーが足首を捻挫《ねんざ》して休んでいるんだ」

リーサは受話器を握りしめた。「私にさせて。ぜひやりたいわ」

「そうだな」ロベルトは慎重に答えた。「我々としては助かる。ご主人に確認をとってから、もう一度連絡をくれないか？」

「平気よ。彼は気にしないわ」リーサは忠告を陽気に受け流した。「何時にどこへ行けばいいか教えてくれたら、直接そこへ向かうわ」

リーサが迷い始めたのは、すでに準備を終え、楽屋裏で出番を待っているときだった。リックが知ったら、かんかんに怒るに違いない。大丈夫、ばれるわけがないわ。リーサは自分に言い聞かせた。ショーは十時には終わるし、十五分もあれば、家に着ける。いずれにせよ、いまさら断れない。

会場は市の中心部にある有名なホテルで、ホールはゲストで埋めつくされていた。ディナーコースの合間にテーマごとの服が紹介され、パトロンたちはショーを見ながら食事を楽しむ、という趣向だ。

リーサが見覚えのある黒髪の男性に気づいたのは、ショーも半ばに達したころだった。リックの謎めいたまなざしと目が合った瞬間、彼女は凍りついた。

その後どうやって笑顔を維持し、何事もなかったかのようにふるまえたのか、自分でもよくわからない。最後の出番が終わるやいなや、リーサは自分の服に着替え、通用口から逃げ出した。

「どこへ行くのかな」

リーサはぴたりと立ち止まった。「それは説明を求めているのかしら」リックの怒りがひしひしと伝わってきて、とても顔を見る気にはなれない。

「それくらいの義理はあるだろう」

リーサは深呼吸をして、どうにか気持ちを落ち着かせた。「尋問でも始める気？　話し合いなら、家に帰ってからにしない？」

「もちろんだ。ここへは君の車で来たんだろう？」

リーサがうなずくと、リックは彼女の腕を取った。

「僕の車は預けていくから、君の車で帰ろう」

ボークルーズに着くまで、リーサはひと言も口をきかなかった。そして家に入るなり、リックにはかまわず、まっすぐ階段へ向かった。

シャワーを浴びて着替えたのち、彼女は寝室に戻った。そして、窓際に立っているリックの姿に気づき、足を止めた。振り返った彼の顔にくっきりと映しだされた敵意と怒りに、リーサは息が止まりそうになった。

もはや説明しないわけにはいかない。「イングリッドに電話をしたのよ」リーサはゆっくりと話し始めた。「でも、彼女は用事があって、昼には会えないと言われたの。それでロベルトに電話したら、今夜のショーでモデルがひとり足りないというから、私が代役を買って出たのよ。それがそんなに悪いことかしら？」

「君は僕の妻だ」リックはぴしゃりと言った。一歩も引かない構えだ。

「あなたの妻だと、何もしちゃいけないわけ？」

「好色な男たちに体を見せつけて、欲望をあおる必要はさらさらない」

「あきれた！　誰が聞いても、あなたが私に対して独占権を握っていると思うでしょうね」

「事実、そのとおりだ」リックは断言した。「僕たちは契約を交わしたはずだ。少しでも違反したら、その細い首をへし折ってやるからな」

「あなたって最低！」リーサは吐き捨てるように言った。もう何がどうなろうとかまわない。「独占欲の強い男ってむかむかするわ。もう我慢できない」

「それなら、しばしの息抜きができて、ほっとするだろう」リックは皮肉たっぷりに言った。「明日の朝早い便でアデレードに行ってくる。四日間だ。僕を恋しがってくれるかい？」

「見こみはゼロよ」リーサは張りつめた声で言い返した。「もう話はすんだ？　だったら、眠りたいんだけれど」

「賢いな」リックはさも見下したような口調で言った。「この状況では、確かに眠るのがいちばんだ」

はらわたが煮えくり返っていたにもかかわらず、リーサはあえて口をつぐんだ。しかし、疲れていたわりには明け方近くまで寝つけず、目覚めたのは、リックが家を出た二時間後だった。

9

リーサは最高にくつろいだ気分で椅子の背にもたれ、フェイシャル・トリートメントを受けていた。足もとの椅子には別の美容師が座り、ペディキュアを施している。美容室を訪れて、かれこれ一時間が過ぎようとしていた。

リーサは小さくため息をついて目を閉じた。今日はリックに会えると思うだけで、ひそかな期待に体が歌いだす。

四日だわ、とリーサは思った。四日間ずっと、とりわけ夜は奇妙に彼が恋しくて、胸が痛み、気持ちが落ち着かなかった。いつの間にか、リックは彼女の一部になってしまったのだ。彼の不在中、リーサは考える時間をたっぷりと得た。そして気づいた。もはや彼なしの人生など考えられない、と。

今夜はサラの協力を得て特別ディナーを用意し、リックの好きなものをそろえるつもりでいた。

店を出たときには、すでに五時前になっていた。駐車場へ向かう信号待ちの間にスタンドで新聞を買い、ほかの歩行者が道路を渡り始めるのを見て、慌てて歩きだした。

帰宅ラッシュに気をもみながら、それでも三十分後には家に着いた。彼女の変身ぶりに気づき、ドアを開けたヤニスの顔がぱっと輝いた。

「ミスター・アンドレアスが居間においでですよ」

リーサはぴたりと立ち止まり、驚きと喜びに目を見開いた。「もう帰ってきたの？」無意識のうちに、片手で髪を確かめる。「帰りは六時過ぎだと思っていたのに」

「予定より早い便に変更されたんでしょう」

リーサの表情がみるみる変わるさまを目にし、ヤニスはにっこり笑った。

ところが、いざとなると、リーサの勇気はくじけかけた。できればこのまま二階へ逃げてしまいたい。けれども理性が勝った。彼女は居間の大きなドアに向かって歩きだし、ヤニスがドアを開ける間、辛抱強くその場で待った。部屋に入り、背後でドアが閉まったときには、胃のねじれる思いがした。

暖炉のそばに堂々と立つ男性の姿を、リーサはむさぼるように眺めた。彼は手にしたグラスをまわしながら、妻をじっと見ている。

リーサは部屋の中ほどまで歩いて立ち止まり、緊張を悟られないよう両手を背中に隠した。「おかえりなさい。出張はどうだった？」

彼女の全身をじっくり眺めたのち、リックは黒い目を輝かせ、口もとに冷たい笑みを浮かべた。「ただいま。もう少し熱烈に迎えてくれてもよさそうなものだが」

リーサは舌先で唇を湿した。「私も飲み物をいただこうかしら」

「妻らしく迎えてくれたらね」リックは意味ありげに答えた。

「どうかしら」声がかすかに震える。「あなたがまた、いきなり襲ってこないとも限らないし」

リックは一方の眉をつり上げた。「どうして僕がそんなことを？」

リーサは唇を噛《か》み、おずおずと答えた。「あなたが発《た》つとき、あまりいい別れ方をしなかったから」

「確かに」リックはゆったりと答えた。「だがまあ、僕たちの場合、口論も生活の一部だという気がしてきている」そう言うなり、彼の目は悪魔めいた輝きを帯びた。「さあ、キスをしてもらおうか。それとも、僕がそっちへ行かなければならないのかな」

リーサの口もとに、いたずらっぽい笑みが広がった。「お互いが歩み寄り、真ん中で会うというのはどう？」

リックのハスキーな笑い声を合図に、リーサの不安は吹き飛んだ。彼女は差し出された腕に自ら飛びこみ、彼の目に映った物憂い情熱をうっとりと眺めつつ、夫の唇を迎えた。

ずいぶんたってから、リックはようやく体を離した。「サラは一日がかりでディナーを用意してくれたようだし、失望させるわけにはいかないだろう」

「そうね」リックの腕の中で、リーサの全身が命を吹きこまれて甘くうずいている。「それで、飲み物は？」リーサは甘い声で催促した。

「生意気なやつめ」彼はほほえむように言った。「こっちは飲み物どころではないというのに」

「我慢するのね。九時前にベッドに入るのは、いくらなんでもお行儀が悪いわ」

「あとで必ず、お仕置きしてやるからな」

リックの脅しに、リーサは声をたてて笑った。「そうでしょうね。でもそれは、あなたのお仕置きでもあるのよ」

続くキスは強引だったが、リーサはとくに逆らわなかった。

「で、今宵《こよい》の宴《うたげ》は何時に始まるんだい？」

リーサはちらりと時計を見た。「六時半よ。あなたの帰りが六時の予定だったから、シャワーと着替え、それに一杯飲む時間を見こんで」

ドアを控えめにたたく音がし、リックの許可を得て、ヤニスがすまなそうに顔を出した。

「大変申し訳ないんですが、ミスター・マーシャルから電話があり、大事なお話があると」

「書斎で受けるよ」リックは答え、リーサの唇にそっとキスをして出ていった。

リーサは口もとに満足げな笑みを浮かべ、ぼんやりとその場に立っていた。

「新聞を片づけましょうか」ヤニスが申し出た。

「いいのよ、待っている間に読むから」

リーサは近くの椅子に腰を下ろし、一面を開いた。続いて何枚かめくって星占いと漫画を読んで、そばのテーブルに置こうとしたとき、一枚の写真が目に入った。

そこに写った二人の人物に彼女の目は釘《くぎ》づけになった。

〝金融界の大物であるリック・アンドレアス氏、出張先のアデレードでミス・シャンタル・ルーソスと会食〟

手がどうしようもなく震えだし、リーサは新聞を下に置いた。頭が激しくうずき、心臓が締めつけられるように痛い。泣きたいのに、涙が出ない。彼女は自分でも驚くほどスムーズに立ち上がり、新聞をたたんで居間を出た。階段をのぼって寝室に入り、新聞をベッドの枕《まくら》の下に隠す。それから再び階段を下り、居間に戻った。

リックは、彼女が先ほど居間に入ったときと、ほとんど同じ場所に立っていた。あれは十分前？　それとも十五分前のこと？　すでに何時間も過ぎた気がする。

「サラが、ディナーの用意ができたと知らせに来たよ。ダイニングルームへ行こうか？」

リーサの心の中が彼への憎しみでいっぱいだとは、リックは知るよしもない。彼女はぬくもりのこもった笑みに適度なユーモアを添え、差し出された手を取った。

前菜からメイン料理を経てデザートに至るまで、女優顔負けのみごとな演技だった。リーサはグラスを掲げて笑みを浮かべ、誘惑めかして、輝きを帯びたリックの黒い瞳を見つめた。自分でもここまでうまくできるとは思わなかった。

コーヒーは控えることにし、彼女は小さなあくびを噛み殺した。「今夜は早めに休むわ」彼女は横目でリックを見やった。「あなたも、会議だのなんだので、疲れたでしょう」

「それはたぶん、誘っているんだろうな」リックはゆったりと返した。

「さあ、どうかしら」リーサは最高に魅力的な笑みを満面にたたえて立ち上がり、ドアへ向かった。階段の下でリックが追いつき、腰に腕をまわしたときには、彼女はわざとたじろいでみせた。

寝室に入ると、彼女はそのままバスルームへ直行し、ナイトガウンに着替えて部屋に戻った。そして枕の下から先ほどの新聞を取り出し、問題のページを開いて彼の枕に置いた。

作業が終わったちょうどそのとき、リックがバスルームから出てきた。こうして客観的に眺める彼は、限りなく男らしい。人目にとらわれないくつろいだ態度。乱れた髪と、どことなく悪魔めいた笑み。いまにもリーサの覚悟は砕けそうだった。

リーサは彼がベッドに近づくさまを見守った。彼の視線が新聞をとらえ、その顔に緊張が走る。目を細くして、枕の上に広げられた紙面をじっと見ていた。

「マスコミの特権だな」リックは含みのある言い方をした。「十パーセントの事実を取り上げて、九十パーセントのフィクションで飾り立てる」

リーサは彼女を見すえた。「彼女をディナーに連れていったことは否定しないのね」

リックは、片手で髪をかき上げた。「どこへも連れていっていない。彼女の父親がアデレードにいて、同じ会議に出席していた。シャンタルはそれについてきただけだ」

「そうね、わかるわ。彼女ならそういうチャンスは逃さないでしょうから」リーサはばかにするように指摘した。「あなたがいるとわかっていれば」

リックの目がわずかに細められた。「同じテーブルにあと四人はいた。写真には写っていないが」

「なるほどね」

「なるほど?」リックは眉をつり上げた。「僕には君が、すでに別の結論を出しているように思える」

「だからといって、私を責められる?」もう、うんざり。

「僕にどうしてほしいんだ? 自分の行動を逐一、説明しろと?」

「別にどうもしてほしくないわ」リーサは言い捨てた。まったく筋の通らないことを理路整然と並べ立て、有利な立場を占めようとする彼が憎かった。

「ほう」リックの声が硬くなった。「それで、どうしようというんだ? また、ののしり合おうというのかい?」彼の表情は仮面のようだった。「ついさっきまで本気で僕を恋しがっていたと思っていたものを」

「まあ、おめでたい人」

リックは怒りに任せて新聞を丸め、壁に投げつけた。「本当は、君の体を骨まで揺すってやりたいところだ！」

本当にそうしかねない勢いに、リーサはかすれた声で言った。「私は寝るわ。五つも寝室があるんだもの。どこだって、ここよりはましよ」

「そんなのは認めない。君はこの部屋で、このベッドで、僕と寝るんだ。たとえ縛りつけてでもそうさせる」

「試してみれば！」リーサは無分別に言い返し、彼に向かっていった。そして、目の前の恐ろしい表情に気づき、ぴたりと足を止めた。

リックは無言で近づき、逃れようとするリーサの腕を楽々つかみ、体ごと持ち上げてベッドへ運んだ。リーサはもがいたが、彼の力の前には抵抗むなしく、あえなくベッドに押さえこまれた。残忍に唇を奪われ、彼女はうめき声をもらした。

何分かのち、リックはようやく横に転がり、彼女の腫《は》れた唇に気づいて、あざけるように言った。

「おやすみ、リーサ」

翌朝、リーサはシャワーの音で目が覚めた。前夜の記憶が一気によみがえる。

昨日のいまごろは新たな一日への期待でいっぱいだったのに……。いまは希望に満ちた世界が粉々に砕かれ、足もとに散らばっている。

気配を察して顔を上げると、すぐそこにリックが立っていた。

「起きるんだ。あと一時間で空港へ向かう」彼は有無を言わさぬ口調で命じた。

「私はどこへも行かないわ」リーサは力なく応じた。

「いや、君も行くんだ」リックはきっぱりと告げた。「たとえ僕が着替えさせ、肩にかついでいくことになっても、必ず連れていく」

「まあ、すてき」リーサは憎々しげに返した。「何をそんなに急いでいるの？」

「そのほうが、僕にとって都合がいいからだ」

リーサの目が輝き、火花が散った。「私にはちっともよくないわ」

「それは残念」リックはぶっきらぼうに言った。

リーサはこぶしで枕をたたき、身を起こしてベッドに座った。「いったいなんなの？またも男性の優位を見せつけようというわけ？」

リックは驚くほどまっすぐに彼女を見すえた。顎に力がこもっている。「いいから言われたとおりにするんだ。さもないと、後悔する羽目に陥るぞ」

「これ以上に？」リーサは夫の全身を眺めた。「私はすでに、想像しうる限りの屈辱を味わわされたものと思っていたけれど」

リックは黙ってベッドに近寄るなり、上掛けをはがした。リーサは慌てて反対側へ転がったが、彼は手を伸ばしてつかまえ、暴れる彼女を軽々と持ち上げて目の前に立たせた。

「僕が着替えさせようか？　それとも自分でするか？」一言一句、明らかに本気だ。

「自分で着替えるわ」リーサは降参し、恨みがましい目で彼をにらんだ。「何日くらい出かけるの？　それによって何を持っていくか決めるから」

「二、三日だ。水着と着替えだけでいい」

「どこへ行く気？」

「どこでもかまわないんじゃないのか？」

ヤニスの運転で空港へ向かったのち、二人はクイーンズランドの南東部、クーランガッタ行きの飛行機に乗った。

道中、リックは不機嫌に黙りこんだままだったが、そのほうがリーサにはありがたかった。

飛行機を降りると車が待ち構えていて、驚いたことに、滑走路のいちばん端に待機しているヘリコプターのところへ連れていかれた。

「いったいどこへ行く気？」

「着けばわかる」

さもばかにした調子で言われ、リーサはしかたなく乗りこんだ。

ヘリコプターは海上に向かって飛び立ち、海岸沿いに北を目指した。空から眺める〝サーファーズ・パラダイス〟は、ため息が出るほど美しかった。深く透きとおった青い海と、岸に打ち寄せる白い波。金色の砂浜を挟んで、さまざまなデザインの高層アパートメントが立ち並んでいる。

十分もすると、ヘリコプターは降下し始めた。目的地とおぼしき島が、近づくにつれてだんだん大きくなってくる。島はほとんどが濃い緑の森に覆われていた。

ヘリコプターは、波打ち際の小さなヘリポートに着陸した。リーサを抱きかかえて降ろしたのち、リックはパイロットに挨拶《あいさつ》をした。

「ありがとう、ブルース。迎えが必要になったら、無線で連絡するよ」そう言うなり、彼はほうり投げられた荷物を拾って歩きだした。

「お次は何かしら?」リーサも彼のあとについて桟橋を歩き始めた。

リックはちらりと振り返り、にやりとした。「家に行く」

「家? 空からは何も見えなかったけれど」

「だろうな」彼は冷ややかに答えた。「ここは僕のプライベートな隠れ家だ。何か起きても電話はないし、外部との連絡手段は無線しかない」

「島を所有しているの?」リーサは信じられない思いで尋ねた。

リックは無造作にうなずいた。「ああ」

彼の歩幅に合わせて細い道を懸命に歩いていくと、まもなく開けた場所にたどり着いた。そしてリックの体が横に滑り、視界から消えたとたん、リーサは信じられない思いに息をのんだ。

そこに立つ白漆喰《しっくい》の家は宝石さながらだった。白い壁とよろい窓が異国の風景を思わせる。リーサは、はたと気づいた。そうだわ、写真集で見たギリシアの風景よ。あの入り江の斜面を飾っていた、タイルと漆喰の家々にそっくりだわ。

「きれいな家ね」リーサはやっとの思いでそれだけ口にした。

「中へ入ろう」

短い石段をのぼり、分厚いドアを抜けると、タイル張りの玄関ロビーが広がっていた。リーサは冒険に出かける子供の気分で、部屋から部屋へと見てまわった。どの部屋も簡素だが、必要な機能はすべてそろっているようだ。四角い家の中央にはプールつきの中庭があり、広々とした各部屋から直接、中庭へ出られるようになっていた。

まるで現代文明という砂漠のただ中にあるオアシスのようだった。リーサはリックを振り返り、おずおずと笑みを浮かべた。「こんなにすてきな家があるのに、どうしてここで暮らさないの？」

「会社の役員をやっていると、いろいろ無理があってね」

「よく来るの？」

「何もかも投げ出したくなったときや、仕事の状況が許すときに」

「いまがそのときなの？」

「いや」彼はぶっきらぼうに答えた。

リーサはとまどい、夫を見つめた。「だったらなぜ？」

リックは真摯《しんし》なまなざしを彼女に注いだ。「時計の針を元に戻したいと思ってね」

リーサは胃がねじれるのを感じた。「どういうこと？」

彼はいたずらっぽく笑った。「ひと泳ぎしてくる。君も来ないか」

リーサはしばらく眉間《みけん》にしわを寄せていたが、やがて小さく肩をすくめた。「着替えてくるわ」

「君がどんな格好をしようと、誰も見やしないよ」

ばかにされたように思い、リーサは驚いて振り返った。「裸で泳げというの？」

「だめな理由でも？」彼の目は少年のように輝いている。

リーサはとっさに尋ねた。「あなたは……そうするの？」

「君がいやでなければ」

問いかけるように眉を上げる彼に、リーサはしばし言葉に窮した。「ここはあなたの島だし、あなたのプールだもの」奇妙に声がうわずる。

リックは最後に揶揄《やゆ》するような表情を見せ、中庭へ通じるドアのほうへ歩いていった。

リーサは挑戦を受けて立とうと思ったが、服を脱ぐ段になると、結局、そこまで羽目を外す勇気は出なかった。彼女は急いでビキニに着替え、体にタオルを巻いてプールサイドへ出た。

リックの頭が向こう側の端に見える。彼は、リーサが立っている場所から数メートルほど離れたところで浮き上がった。

「おいで」

彼が呼んだ。口に出してこそ言わないが、あざけっているのがわかる。リーサは優雅な手つきで髪を頭の上に束ね、タオルを下に落とした。

リックのハスキーな笑い声に応《こた》えて、リーサもにっこり笑い、プールに飛びこんだ。

「意外に勇気がないんだな」

こばかにして笑うリックの顔に、リーサは水をすくってかけた。「長い間に身についた習性を、そう簡単に捨てられるわけないでしょう?」

リックの目が邪悪な輝きを帯びた。「簡単に捨てられる方法がある」彼はたった一歩でリーサとの距離をつめ、彼女のうなじのひもに手を伸ばした。いつの間にか彼の顔から笑みが消えていた。

「やめて」リーサは震える声で訴えた。彼の存在が我ながら不思議なほど意識されてならない。「お願いよ」

「僕に頼んでいるのか?」

そんなふうにおどけるリックを見るのは初めてだった。どうやって対応すればいいのかわからない。ここにはサラもヤニスもいない。突如としてリーサは自分の置かれている状況の危うさに気づいた。

リックの手が喉もとのくぼみにそっと触れた。続いてその手が下がり、胸のふくらみをたどる。リーサの喉から小さな声がもれた。

タイル張りのプールの中に立つ彼のおなかのあたりで、水が静かにはねている。リーサがあとずさるや、彼はさっと彼女の腰に手をまわして引き止めた。

「ふむ」リックはけだるそうにつぶやいた。「ゆうべ却下されたものを、手に入れたい気分だな」かすかに伏せられた目には暗い情熱が浮かんでいる。

「冗談でしょう?」リーサの声が震える。

「君と愛を交わすことが?」

温かいものがリーサの中を駆けめぐり、体が勝手に彼のほうに傾いた。

「何かに対してこんなに真剣になったのは初めての経験だ」よく響く低い声で、リックは穏やかに告げた。しかし、リーサの顔に動揺が走るのを目に留め、声の調子が微妙に変わった。「だがいま、ここでそういうことをすれば、君の慎みを侮辱することになるだろうな」

「いつもはそんなこと……気遣ったりしないのに」

リックがいぶかしげに目を細めていることに気づき、リーサは慌てて言葉を継いだ。

「あなたと結婚してから、まだ二、三週間にしかならないわ」適切な言葉を探しながら、彼女はおずおずと続けた。「あなたと五年間過ごさなければならないという、契約書にサインもしたわ」

それ以上、目を合わせていることに耐えられず、リーサは彼の耳のあたりに視線を移した。

「なんとかなるだろうと思ったけれど……もうだめ。とても無理」

「理由を聞かせてくれるかい?」

急に水が冷たく感じられ、リーサは身を震わせた。あなたをどうしようもなく愛してしまったからだなんて、打ち明けられるわけがない。少なくともリックを憎んでいるふりをしていれば、心の奥に閉じこめた秘密に気づかれずにすむ。もし知られたら、私は彼に完全に支配されてしまうに違いない。

「そろそろお昼の時間でしょう?」

「リーサ」リックはかぶりを振りながら、たしなめるように言った。その口調は優しい。

「僕は君をどうすればいいんだ?」彼は唇を重ね、妻をなだめた。

花が太陽に向かって開くように、やがてリーサの唇も開かれた。迷いに代わって情熱が彼女を支配し、秘密を知られることなど、もはやどうでもよくなった。

気づいたときには二人はプールの外にいて、彼女の体をリックがタオルで優しくふいていた。彼は満足そうにひと声発するなり妻を抱き上げ、寝室へ運んだ。

リーサは彼の目の奥を探り、体の奥のうずきを癒《いや》してほしいと無言のうちに乞《こ》うた。けれども、彼の両手は秘めやかな場所を求め、いまもゆっくりと彼女の体をさまよっている。繊細な胸が張りつめ、胸の頂がみるみる硬くなっていく。両のつぼみを、リックはかわるがわるそっと噛み、えもいわれぬ官能の喜びを紡ぎだした。リーサは耐えきれなくなり、低いうめき声をもらした。

それでも飽き足りずに、リックの唇は彼女の全身をさまよい、彼女をむさぼり、責め苛《さいな》んだ。

「リック……お願い、やめて」

リーサは激しく首を振り、彼の愛撫《あいぶ》がもたらす混乱から逃れようと試みた。それでもリックはやめようとしなかった。とうとう彼女は官能の渦に巻きこまれて声をあげ、夫の頭を抱き寄せた。

「ああ、お願い！」

すすり泣きとともに懇願した次の瞬間、今度こそリックは彼女をしっかりととらえ、はるかなる喜びの高みへと運び去った。

10

翌朝リーサが目覚めたとき、よろい窓から朝日が差しこみ、タイル張りの床と壁の一部に美しい光の紋様が描かれていた。

「いつまで寝ているんだい」

深みのある低い声が心地よく耳に響いた。

「起きなかったら、僕もそこに潜りこむぞ」

声がしたほうに目をやると、リックがドア枠にもたれていた。色あせたブルー・ジーンズに、半袖《はんそで》のコットンシャツを着ている。

「いま何時？」

「十時前だ」リックはそっけなく答えた。「とっくに朝食の用意もできている」

リーサは驚いて彼を見つめ、それからにっこりした。「本当？　だとしたら、あなたもまだ望みはあるかもしれないわね」

リックは肩をすくめてドアを離れ、二、三歩、ベッドに近づいた。「どういう意味だ？」

両頬に笑いじわができている。「君は自分の夫が無能だと思っているのか?」

リーサはいたずらっぽい笑みを浮かべた。「キッチンではね」

含みを持たせた返事にリックは低い声で笑い、あからさまな欲望をこめて彼女の髪と肌に熱い視線を這《は》わせた。

「それは、認めてくれたということかな?」

「教えない」リーサは真顔で答えた。「ただでさえ過剰な自信が、ますますふくれあがるといけないから」

近づいてくるリックの目は、明るく輝いている。たっぷりとキスを楽しんだのち、彼はリーサのうっとりした表情を得意げに眺めた。

「もう起きるわ」

リーサが物憂げに言うと、彼はくすくす笑った。

「本当に起きたいのかい?」

「ええ、おなかがぺこぺこ」彼女はそう言って、上掛けをわきによけた。「五分だけ待って。シャワーを浴びるわ」

十分後、彼女はキッチンのテーブルについて新鮮なフルーツを食べ、冷たい水をおいしそうに飲んだ。

「今日は何をするの?」リーサはのんびりと尋ねた。リックと一緒に過ごせるなら、何をしても楽しいに決まっている。

「小さなボートがあるから、夕食の魚を釣りに行こう」

二人はそのとおりにし、リーサにとってはうれしいことに、その日唯一の魚を釣り上げたのは彼女だった。

「役割が逆転しちゃったわね」釣り糸をリックに渡しながら、リーサは得意気に指摘した。

「てっきりハンターは男性のほうだと思っていたのに」

「ハントの方法はいろいろあるさ」リックはジョークで返し、黒い目をきらめかせた。

一日はまたたく間に過ぎていき、一緒に用意して夕食をとったのち、二人は浜辺へ散歩に出かけた。

「月夜の散歩はこれで二度目だ」リックはしゃがんで小石を拾い、ほうり投げた。石は海面を滑るように進み、やがて沈んだ。

「ずいぶん昔のことみたい」リーサはぼんやりと水平線に目をやり、ふと彼を振り返った。

「私、あなたのこと、ほとんど何も知らないのよ」

リックは考えこむような表情で彼女をちらりと見た。「質問してごらん」

「子供のころのことを聞かせて」リーサは穏やかな口調でせがんだ。「どこで生まれ、どこで育ったのか。ご両親やきょうだいのこと、一族のこと」

「なんだって急に、僕のルーツを知る必要があるんだい?」その声にはかすかな皮肉がにじんでいた。

リーサはもっと彼に寄り添いたくて、自分から腕を組んだ。「あなたは私のことをすべて知っているんでしょう？」彼の反応を確かめようと見上げたが、薄明かりの下ではよくわからない。

「僕の生まれはアテネ。裕福な両親の間に、長男として生まれた。妹が二人いる。どちらもすでに結婚して、お互い数キロの距離に住んでいる。いまのところ、甥《おい》が三人」

リーサの眉間《みけん》にかすかなしわが寄った。「みんなアテネにいらっしゃるの？」

「ああ。両親は僕が十五歳のときにオーストラリアに移住したものの、やっぱりギリシアが恋しくなって、二年後に妹を連れて帰国したんだ。妹たちはまだ、意思表示をするには幼すぎたからね」

「なるほどね」リーサは静かに言い、リックの目を見つめた。

「何がなるほどなのかな？」

「あなたはきっと、二つに引き裂かれたんでしょうね。家族と、新しい土地での新たな出発とのはざまで」

「確かに楽な選択ではなかった」認めつつも、リックの表情に変化は見られなかった。

「妹さんたちは？」

「成人して、地位のあるギリシア人と結婚したよ」彼は軽い皮肉をこめて答えた。

「訪ねたことはあるの？」

「何度もね。毎年戻っているから」

「よかった」リーサは言葉少なに返した。

「僕がつまはじきにされていると思ったのかい？」

「いいえ。ヨーロッパの人たちは、家族のきずなが強いもの。あなただけ例外だとは思えないわ」

心地よい沈黙を味わいながら、二人は歩き続けた。やがてリーサは彼を振り返り、この三十分ほどずっと気になっていたことを口にした。

「どうしてここへ来たの？」うまく自分の気持ちを説明しようとして、彼女は言葉を探した。「その、なぜいま、このタイミングで？」

そのときふと、昨日の会話がよみがえった。

「あなたはたしか、時計の針を元に戻したい、と言っていたわね」薄明かりの中でリックの表情を探ろうとしたが、やはり読み取れない。

「僕はせっかちだからね」リックはゆっくりと答えた。「早く答えを出したいと思って」

胃の奥が鋭く痛み、リーサは叫びそうになった。もしかしてリックは、私たちの結婚のことを言っているの？　彼が私を愛しているかもしれないなんて、私は何を想像していたの？　愛ですって？　リーサは苦い笑いを押し殺した。彼にとって私は単なる欲望のはけ口。結婚して三週間が過ぎ、彼はやめたくなったんだわ。彼女の胸の内にむなしさが広がった。

「帰るわ」震える声で宣言するなり、リーサは引き止められる前に駆けだした。

「リーサ！」

リックの呼ぶ声が聞こえた。だが、リーサは足を止めなかった。けれども家の前の草地に達したところで、固い手にしっかりとつかまれた。

「どうして急に逃げ出すんだ？」

「ほっといて！」リーサは腕を振りほどき、さらに二、三歩進んだが、すぐにまたつかまった。「放してよ、この……悪魔！」

「中に入ろうか」

リックの声は氷のように冷たかった。だが、リーサにはもうどうでもよかった。

「中だろうと外だろうと、何が違うの？」リーサの目には鮮やかな炎が燃えている。「この二日間の戯れは、私の気持ちをくじくための懐柔作戦だったのね。お相手は誰？　シャンタル？」

リックが答えないと見るや、彼女はこぶしを握りしめて殴りかかった。彼はそれをかわそうともしなかった。リーサはかまわず、めちゃくちゃに分厚い胸をたたいた。

「答えなさいよ！」

「何をそんなに怒っているんだ?」

穏やかなそのひと言で、リーサの忍耐は限界を超えた。考えるより先に、彼女の手はリックの頬めがけて飛んでいた。夜のしじまの中で、頬に命中した平手打ちは思いもよらない鋭い音をたてた。

「あなたが憎いからよ」リーサは怒りをこめて言い放った。「わかる? 時計の針を元に戻したいなんてぬけぬけと言うあなたが、私は憎いの」

「本当に? つまり……結婚が解消されるんじゃないかと思い、君はそんなに怒りだしたのか?」

怒りの涙がゆっくりと頬を伝い、顎の先で止まった。「シドニーへ帰りたいわ。なるべく早く」

「そうだな」リックはいまも落ち着き払っていた。「だが、もう二、三日たってからだ」

リーサは彼をにらみつけた。「これ以上、こんなところにはいられないわ」

「なぜだい?」リックは静かに尋ねた。「そんなに僕が怖いのか?」

リーサが答えずにいると、彼はゆっくりとつけ加えた。

「いや、僕ではなく、君自身が」

私の感情はそこまで透けて見えるのかしら? リーサは絶望に駆られた。この気持ちを彼に知られるなんて、そんな屈辱にはとても耐えられない。ばかにされるくらいなら、いっそ死んでしまいたい。

「こんなことをしても無駄よ」リーサは声を震わせた。「私たちときたら、お互いなんの理由もなく、暴力を振るうくらいだもの」彼女はリックを見上げた。奇妙に頭が混乱し、怒りとショックがいまも冷めやらない。人を殴るなど生まれて初めてだった。彼女は陽気で人当たりがよく、家族にも友だちにも、優しいと思われている。相手が彼だと、どうしてここまで怒りをかきたてられるのだろう。

「リーサ」

彼女が黙っていると、リックが手を伸ばし、彼女の顔を上向かせた。

「まったく君は頑固で、口が減らなくて、手に負えない」とがめるように言いながらも、リックの声はかすれていた。「僕はいったいどうすれば、君を納得させられるんだ?」

リーサは涙をためた目を見開き、まんじりともせずに立っていた。息をするのも怖い。

「君のことは最初からわかっていたよ」リックは静かに語り始めた。「君の兄さんに関しては、家族構成から交友関係に至るまで、徹底的に調べたからね」

彼はそう言って、自嘲《じちょう》めいた笑みを浮かべた。

「報告書に目を通し、僕は興味をそそられた。僕はそろそろ結婚して落ち着くことを考える年齢になっていたが、まわりの女性はほとんど皆、僕そのものより、僕の財産と地位にしか興味がないときている」リックの両手がうなじに滑り、リーサの首を支える。「いわば一石二鳥だったのさ」

リックはしばし口を閉じ、両方の親指で彼女の首筋の脈をなでていた。

「ファッションショーで初めて会ったとき、僕は君が非難したとおり、君の品定めに行ったんだ。そしてあの晩のディナーで気持ちは固まり、あとはジェームズに最後通告をするだけだった」

言葉を慎重に選びつつ、リックはなおも続けた。

「君には最初から好奇心をそそられた。一見クールなのに、中身はずいぶん威勢がいい。しかも、僕の腕の中では最高に情熱的な女性になる。確かに打算で始めた結婚だが、あの事故で自分にとって君がどれくらい大切な存在になっていたかを思い知らされた」

彼は顔を寄せ、リーサの唇にそっとキスをした。

「とはいえ、どうして愛しているなんて言えるだろう。出会ってあまりに日が浅いし、君は君で、自分の感情と闘っているというのに」

誤解のもやの向こうに光が見えてきて、リーサの胸に希望の火がともった。「じゃあ、シャンタルのことは――」

「彼女とは最初からなんでもない」リックは断言した。「多くの女性とつき合ったことは認めるが、結婚を考えた相手はひとりもいない」

リックは妻を抱き寄せた。

「愛しているよ」かすれた声で、リックは優しく告げた。「君を、君自身を。外見ではなく、君の心と魂を。君となら、百歳まで一緒にいても、百歳まで愛しても、決して飽きない」

彼の唇が重なり、リーサの中に残っていた最後の疑念が取り除かれた。ほどなくリックが顔を上げたとき、リーサの息はすでに浅く、体の奥ではなんとも言えない甘い欲望が頭をもたげつつあった。

笑いたい気もするし、泣きたい気もする。こうしてリックの力強い顔を見上げていると、自分が彼を憎んでいたことが嘘《うそ》のように思える。ゆっくりとリーサは彼の顔に手を伸ばし、震える指で固い顎に触れた。「愛しているわ」

リックの口から長いため息がもれた。彼はしばらくリーサの喉もとに唇をうずめていたが、やがてその唇を上へと這わせ、甘く柔らかな彼女の唇を心ゆくまで味わった。

ずいぶんたってから、彼はようやく顔を上げた。

「その言葉は一生聞けないんじゃないかと、あきらめかけていたよ」リックはそう言い、再びそっと唇を重ねた。「君はすでに僕の一部だ。甘く刺激的なワインのように、僕の血となって体の中を流れている。手放すなんてありえない」

彼の腕をそっとほどき、リーサは代わりに手をつないだ。「家に入りましょうか」

「誘っているのかい？」リックは笑いだした。

リーサの喉にも笑いがこみあげた。「誘う必要があるとでも?」

次の瞬間、彼女は夫のたくましい腕に高々と抱き上げられ、家の中へと運ばれていった。

●本書は2010年7月に小社より刊行された『憎しみのかなたに』を改題し、文庫化したものです。

悪魔に捧げられた花嫁

2024年6月1日発行　第1刷

著　者　ヘレン・ビアンチン

訳　者　槙　由子（まき　ゆうこ）

発行人　鈴木幸辰

発行所　株式会社ハーパーコリンズ・ジャパン
東京都千代田区大手町1-5-1
04-2951-2000（注文）
0570-008091（読者サービス係）

印刷・製本　中央精版印刷株式会社

この書籍の本文は環境対応型の植物油インクを使用して印刷しています。

 ISBN978-4-596-99290-1

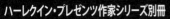